共和国故事

长征新作

——中国成功发射美国亚洲系列卫星

王金锋 编写

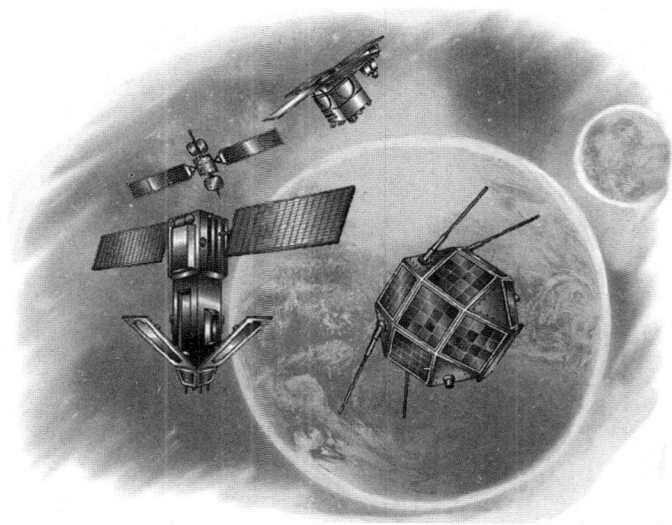

吉林出版集团股份有限公司

图书在版编目（CIP）数据

长征新作：中国成功发射美国亚洲系列卫星/王金锋编. —

长春：吉林出版集团股份有限公司，2009.12

（共和国故事）

ISBN 978-7-5463-1818-9

Ⅰ．①长… Ⅱ．①王… Ⅲ．①纪实文学－中国－当代 Ⅳ．①I25

中国版本图书馆 CIP 数据核字（2009）第 236731 号

长征新作——中国成功发射美国亚洲系列卫星

CHANGZHENG XINZUO　　ZHONGGUO CHENGGONG FASHE MEIGUO YAZHOU XILIE WEIXING

编写　王金锋

责任编辑　祖航　黄群

出版发行　吉林出版集团股份有限公司

印刷　三河市嵩川印刷有限公司

版次　2010 年 1 月第 1 版　　　2022 年 1 月第 8 次印刷

开本　710mm×1000mm　1/16　　印张　8　字数　69 千

书号　ISBN 978-7-5463-1818-9　　定价　29.80 元

社址　吉林省长春市福祉大路 5788 号

电话　0431－81629968

电子邮箱　tuzi8818@126.com

版权所有　翻印必究

如有印装质量问题，请寄本社退换

前　言

自 1949 年 10 月 1 日中华人民共和国成立至今，新中国已走过了 60 年的风雨历程。历史是一面镜子，我们可以从多视角、多侧面对其进行解读。然而有一点是可以肯定的，那就是，半个多世纪以来，在中国共产党的领导下，中国的政治、经济、军事、外交、文化、教育、科技、社会、民生等领域，都发生了深刻的变化，中国人民站起来了，中华民族已屹立于世界民族之林。

60 年是短暂的，但这 60 年带给中国的却是极不平凡的。60 年的神州大地经历了沧桑巨变。从开国大典到 60 年国庆盛典，从经济战线上的三大战役到经济总量居世界第三位，从对农业、手工业、资本主义工商业的三大改造到社会主义市场经济体制的基本确立，从宜将剩勇追穷寇到建立了强大的国防军，从废除一切不平等条约到独立自主的和平外交政策，从"双百"方针到体制改革后的文化事业欣欣向荣，从扫除文盲到实施科教兴国战略建设新型国家，从翻身解放到实现小康社会，凡此种种，中国人民在每个领域无不留下发展的足迹，写就不朽的诗篇。

60 年的时间在历史的长河中可谓沧海一粟。其间究竟发生了些什么，怎样发生的，过程怎样，结果如何，却非人人都清楚知道的。对此，亲身经历者或可鲜活如昨，但对后来者来说却可能只是一个概念,对某段历史的记忆影像或不存在,或是模糊的。基于此,为了让年轻人,特别是青少年永远铭记共和国这段不朽的历史,我们推出了这套《共和国故事》。

《共和国故事》虽为故事,但却与戏说无关,我们不过是想借助通俗、富于感染力的文字记录这段历史。在丛书的谋篇布局上,我们尽量选取各个时代具有代表性或深具普遍意义的若干事件加以叙述,使其能反映共和国发展的全景和脉络。为了使题目的设置不至于因大而空,我们着眼于每一重大历史事件的缘起、过程、结局、时间、地点、人物等,抓住点滴和些许小事,力求通透。

历史是复杂的,事态的发展因素也是多方面的。由于叙述者的视角、文化构成不同,对事件的认知或有不足,但这不会影响我们对整个历史事件的判断和思考,至于它能否清晰地表达出我们编辑这套书的本意,那只能交给读者去评判了。

这套丛书可谓是一部书写红色记忆的读物,它对于了解共和国的历史、中国共产党的英明领导和中国人民的伟大实践都是不可或缺的。同时,这套丛书又是一套普及性读物,既针对重点阅读人群,也适宜在全民中推广。相信它必将在我国开展的全民阅读活动中发挥大的作用,成为装备中小学图书馆、农家书屋、社区书屋、机关及企事业单位职工图书室、连队图书室等的重点选择对象。

编　者

2010 年 1 月

一、政策出台

- 陈寿椿的建议提出：“我们的‘长征－3’号火箭已有能力发射外国通信卫星，我们应该开放。”

- 航天工业部部长李绪鄂宣布：“中国西昌卫星发射中心正式对外开放，我国自行研制的‘长征－2’号‘长征－3’号运载火箭将投入国际市场，承揽国际商业卫星发射业务。”

- 小组成员认为：“商业卫星的制造由美国和欧洲垄断，因此我们的工作重点应该放在第一世界，而不是第三世界。”

专家建议发射外星

1984 年秋，时任航天部科研局总工程师的陈寿椿以个人名义，向时任航天部副部长的刘纪原和宋健写报告提了一个建议。这个建议就写在一张非常普通的、日常请示工作、提出建议的内部用纸上。

陈寿椿的建议提出：

我们的"长征－3"号火箭已有能力发射外国通信卫星，我们应该开放。

当时刘纪原、宋健很快给了批示，他们都对这个建议表示同意。

宋健在批示中说：

完全赞成！我们首先要为第三世界发射卫星作出贡献。

这说明，我国完全有能力在国际上提供商业卫星发射服务，中国可以而且应该走出国门，这在当时航天部的管理层和领导层内部已经形成了共识。

早在 1978 年，我国改革开放的初期，就在客观上为

"长征"火箭走向世界创造了机遇。但几十年来一直是高度机密的火箭事业，要走向世界谈何容易，世界各国根本不了解我们。

中国，这个古老而又文明的国度，是火药和火箭发明的故乡，为世人所知。但对近代中国火箭的发展，对一个刚刚开放而又具神秘感的中国，世界对她的了解真是太少了。

随着中国改革开放的不断深入和扩大，怎样让世界了解中国的航天科技工业，特别是中国运载火箭的发展？唯一的办法就是"请过来、走出去"。

改革开放以来，我国先后接待了美国航宇局、法国空间研究中心、英国空间中心、欧空局代表的访问。我们也先后派出了近百个科技代表团去美国、西欧考察航天工业发展的水平和现状。

在 1982 年召开的联合国第二次探索与和平利用外层空间大会上，我国首次提出将要为其他国家提供发射服务。这次宣布，虽使各国感到震惊和意外，但却大大促进了世界开始对我国的了解。那时，我们手里也还只有"长征－2"号火箭，只能发射低轨道卫星，而国际上迫切需要的是发射地球同步卫星。

美国在 20 多年前发射的"辛康 2 号"卫星，就成功定点于东经 77 度，首次证实了地球同步卫星用于商业通信的可信性。新的卫星通信时代开始了。到了 20 世纪 80 年代初，已有大量的通信卫星等着要发射。

就在这个时候，1984 年 4 月 8 日，我国用新研制的"长征 - 3"号火箭将第一颗同步通信卫星送上太空。这是"长征"火箭系列的第十次发射。

"长征 - 3"号首飞成功，表明我国具备了高轨道卫星的发射能力，同时也表明我国已拥有发射国际商业卫星的能力。这时国防科工委和航天部的领导开始酝酿一个新的构想：

　　打出去，利用我们航天技术的优势，承揽国外发射任务。这样，既可以造福于人类，为国家赚取大量外汇，又可以养活自己，保存、锻炼、提高科技队伍，从而使中国的航天事业不断发展、壮大。

陈寿椿在开始提建议时就得到了同事黄作义的支持。他们认为，与其靠政府财政生存，不如给别人发射卫星填补科研经费。

1984 年底，一份关于把中国"长征 - 3"号运载火箭打入国际市场的正式报告，送到了国防科工委主任丁衡高、副主任沈荣骏的办公桌前。

这份报告，是中国一大批科研人员希望中国运载火箭进军国际市场的共同心声。

在这些有市场经济头脑的时代先锋们的倡导下，中国的航天事业开始准备迈出国门。

宣布承揽外星发射业务

　　1985 年夏初，国际航空航天展览会在巴黎举行。这是一次盛况空前的展览会，当时有 100 个国家的代表以及 200 多名世界各地的记者参加了这次展览会。

　　中国也派了代表团参加了这次展览会。开幕式结束第二天，中国代表团团长乌可力在戴高乐机场附近的一家私人餐厅里，举行了一个新闻发布会。

　　当时，乌可力站在餐厅的中央，向来自世界各国的200 多名记者宣布了中国的"长征－3"号火箭将准备投入到国际商业市场。

　　乌可力的发言赢得了在场人员的热烈掌声。这个新闻发布会进行了 3 个多小时，他回答了记者们的 100 多个问题。在第二天的《巴黎日报》上，中国的这次新闻发布会出现在头版头条。

　　1985 年 5 月底，中国派出由钱继祖、屠守锷、陈寿椿、黄作义 4 人组成的中国航天工业部代表团，出席日内瓦国际空间会议。

　　在这次会上，陈寿椿代表中国代表团，在会上作了《中国向国际提供发射服务的可能性》的报告，还播放了中国运载火箭研制、发射的录像片，发布了中国"长征"系列火箭即将投入国际市场，提供商业卫星发射服务的信息。

陈寿椿在报告中指出：

> "长征－3"号火箭发射服务的价格，将比
> 国际市场同类发射服务价格低百分之十五，因
> 为中国并不借此谋取高利润，同时也因为中国
> 的原材料和劳动力比较便宜。

陈寿椿的报告引起了与会各国同行、商界及媒体的惊异和关注。会议主持人当即在会议上郑重宣布，没有中国参加的空间会议，是不完整的。

同年 10 月，中国又一次把一颗科学探测卫星和技术试验卫星发射成功。于是，沈荣骏副主任及时组织有关人士召开会议，认为中国再也不能这样沉默下去了。面对急剧变革的世界形势，中国的航天事业到了必须作出选择的时候了。

1985 年 10 月 26 日，航天工业部部长李绪鄂宣布：

> 中国西昌卫星发射中心正式对外开放，我
> 国自行研制的"长征－2"号"长征－3"号运
> 载火箭将投入国际市场，承揽国际商业卫星发
> 射业务。

神秘的峡谷终于掀开面纱，这一消息震撼全球，在

国际上迅速引起了强烈的反响。这是中国航天工业对外改革开放、"请进来、走出去"所产生的必然结果，也是中国航天技术从20世纪50年代创业发展的一个必然结果。

从此，中国运载火箭承揽国际商业卫星发射服务开始了艰苦创业的历程。国际商业卫星发射服务，对于我国航天事业来说，是一项崭新的事业。

虽然国际商业卫星市场发射价格及其定位，发射保险及其税率，发射风险，发射服务商业惯例，涉及的国际空间法，所有这些对于从未涉足国际舞台的中国航天来说，都是一个个全新的概念，但中国航天人毅然走出了这一步。

中国，这个火箭的故乡，这个有几千年文明的古老国度，就要打开自己空间科技的大门，勇敢地面对这个熟悉而陌生的世界，中国第一次举起了火箭的旗帜。每一个中国人都期盼着中国火箭载着外国卫星一飞冲天的日子。

筹备进入国际市场

中国在宣布承揽外星的同时，在刘纪原副部长的直接领导下，航天部很快从各单位抽调人员，组成了一个"十人小组"，其中有乌可力、陈寿椿、黄作义、曹正邦、朱维增、陈中青等，挂靠航天部外事局，负责市场开发筹备工作。

要想开发市场，就必须勇敢地面对挑战，这种挑战包括技术的、政治的、法律的以及商业的，也包括别人对我们的歧视和我们自身封闭造成的对国际市场规则的不适应和无知。

最初，中国航天部"十人小组"把目标放在第三世界，谋求从简单起步，取得突破。但是，第三世界国家的航天技术基本上处于萌芽状态，商业卫星必须向欧美发达国家尤其是从美国采购。这一事实让中国航天人认识到，搞国际商业发射服务绕开美国和欧洲是不可能的。市场开发的第一轮，没有取得预期的效果。

后来，"十人小组"经过多次出国调查，很快取得了共识，找准了目标。大家认为：

卫星制造商是我们的用户，采购者是用户的用户，前者对后者有很强的引导效应。两者是决定选购火箭发射方的真正决策人。商业卫星的制造由美国和欧洲垄断，因此我们的工作重点应该放在第一世界，而不是第三世界。

对国际市场情况有所了解以后，国防科工委和航天工业部开始统一部署实施中国进入世界航天发射市场的计划。当时，由于成立的"十人小组"挂靠的航天部外事局属于政府部门，政府部门是不具备商务职能的，所以也不便和外国公司签订商务合同。

为了尽快使中国航天进入国际市场，后来就把航天部外事局设在了中国长城公司，称为"宇航处"。

中国长城公司在 1980 年 10 月 16 日成立，当时的主要职能是从事空间技术服务和其他航天产品的外经外贸业务。公司总经理由七机部副部长李昌安兼任。1982 年 6 月 16 日，唐津安成为公司新任总经理。

中国政府宣布"长征"火箭进入国际市场的决定后，长城公司开始负责中国长征火箭市场开发工作。随后，长城公司获得国际商业卫星发射服务和卫星国际合作的独家经营权。

中国长城公司宇航处成立时只有 7 个人，后来随着发展，它又更名为"宇航部"。当时中央给宇航部的授权非常明确，就是专门为"长征"火箭承揽国际商业发射服务。

与此同时，中国航天部门内部也进一步进行了结构和资源的整合，完善了开发能力。

当时，在中国运载火箭技术研究院成立了由曹正邦负责的市场开发部，在国防科工委成立了由上官世盘负责的中国卫星发射测控系统部。后来，中国航天部门又在美国设立了由黄作义负责的长城公司驻美代表处。

看着这些部门相继成立、中国航天蓄势待发，中国的航天人止不住地兴奋。他们在心里默念：一定不能辜负党的信任和人民的重托，一定要把中国的航天事业打到国际市场去！

积极接轨进军国际市场

1986年，就在中国雄心勃勃向国际航天市场勇敢迈进的时候，世界航天界接二连三地传出惊人消息。

1986年1月28日，美国"挑战者"号航天飞机升空后爆炸，机上7名航天员无一幸免，全部遇难。美国政府宣布航天飞机退出商业发射。

1986年4月28日，美国"大力神34D"火箭点火升空仅几秒钟便爆炸，化为一片残骸散落地面。

1986年5月3日，美国"德尔塔"火箭升空后91秒，飞行姿态失去控制，地面控制人员被迫实施了炸毁指令，火箭载着卫星如同空中散花一般毁于一旦。

1986年5月31日，占世界商业卫星发射份额30%的法国"阿里亚娜"火箭喷着烈焰刚刚离开发射台，还没有离开人们的视线就变为一片火海，毁掉了两颗通信卫星。

从1984年2月3日美国航天飞机"挑战者"号发射"西联星6"和"印尼星2"失败，到1986年5月31日法国"阿里亚娜"火箭发射国际通信卫星的失败，在短短的两年多时间里，国际航天界竟有10次失败。

短时期内接连发射失败，搅乱了国际航天发射市场。这些发射失败的惨剧令航天界同行痛心不已，使航天发射服务市场大伤元气，火箭重返发射是需要周期的，已经造好排队等候上天的卫星，由于没有火箭运送而在地面滞留，也使欧美的航天发射陷入低谷。

国际航天商业发射的技术界、保险界、商业运营界、投资界等各个高风险业界，都面临着前所未有的新挑战和困惑。

面对突如其来的国际市场变化，中国航天进入国际市场也面临着很大的挑战。

但从另一个意义上说，如果中国航天能够在国际航天市场混乱之际，发挥自己的作用，把那些排队等候的业务承担过来，使国际市场重新进入一个相对平稳状态，那么，中国航天无疑就会在竞争激烈的国际航天市场站稳脚跟。

当中国宣布承揽为其他国家发射卫星业务的时候，许多国家的人们开始用带着一丝怀疑的目光打量中国。他们在心里也期望中国的火箭能够作为国际发射服务的延伸和补充，为本国亟待上天的卫星提供支持。这正是中国进入国际航天市场千载难逢的机会。

中国航天人开始为抓住这次机会做积极的努力。

1986年2月1日，就在国际市场上传来一片失败消息的时候，我国"长征-3"号火箭又一次成功发射了实用通信广播卫星，从而很快吸引了国际市场的眼球，无疑也大大提高了中国火箭的竞争力。

但这还远远不够，"长征-3"号火箭真要进入国际市场，最终还得靠自己的实力。并且中国原有的方针政策也不允许中国火箭大踏步进入国际市场。要想进入国际市场，还要有一个国际接轨的问题。

当时的国际航天市场基本上是由如美国、法国这样的航天强国垄断的，而中国的航天是根本不为外人所知晓的。中国的航天事业从成立那天起就是关着门搞研究的，对内服从组织分配，火箭技术绝对保密，科研经费全靠国家财政拨款维持，产品的成本和价格也都由国家制定。对外，多年不与国际交流，也从没考虑过运载火箭技术可以进入国际市场。

20世纪60年代初期，中国航天人就开始用自己稚嫩的翅膀单飞。基于当时的国内外环境，我国航天方面的研究是在严格的保密环境中进行的。当时航天人走出校门进入航天系统，必上的第一课就是"保密教育"。

保密的直接后果，就是中国航天业不为外界所了解和接受。20世纪80年代中期，航天部驻美首席代表黄作义出席一次国际交流会，一名外商居然问："你们的火箭整流罩是用竹子做的吗？"

1984年春，"长征-3"号火箭把我国第一代通信卫星送入了预定轨道，那是"长征"火箭系列的第十次发射，表明我国已拥有发射国际商业卫星的能力。对内对外都严格保密的状况，慢慢开始"解冻"。

1986年，航天部科研局和保卫部门一起研究，初步形成了一个文件，规定了哪些可以讲，哪些可以让用户参观。

中国独立自主研究航天技术的 20 多年中，从没有参加过国际航天活动的诸多条约和公约，成为游离于国际航天界之外的一支"特别行动队"。

为了适应国际市场的需要，我国原有的一套管理规章制度首先必须相应地改变，内部必须进行从封闭到开放的自我调整。

航天系统原有一套严格的保密规章制度，但是搞商业发射，总得作自我介绍，公布运载火箭的基本性能、数据和接口规定，安排必要的参观，让用户对中国航天有适当的了解，以便进行卫星和火箭的技术协调工作。

由于 20 多年闭门进行航天研究，以至于当中国再次打开大门，准备进入国际市场的时候才发现，中国航天和国际市场之间根本不能接轨通车。

当中国航天人意识到这种情况以后，他们决定就从中国航天与国际市场接轨做起。也就是说，中国航天人准备在了解国际航天市场的同时，也要让国际航天市场了解中国的航天发展。

二、 积极准备

● 聂荣臻指出："只要大家认真对待，从中分析原因，查明故障，得到经验，我国同步卫星一定会发射成功。"

● 阿里安公司总裁达莱斯特说："中国火箭要进入世界市场与'阿里安'火箭竞争还有相当一段距离，但'阿里安'火箭与'长征'火箭的竞争开始了。"

● 张爱萍说："给国外发射卫星，应该把我们成功的经验和光荣传统，在可能的条件下更好地运用和发展。"

"长征－3"号开辟国际市场

早在 1974 年，周恩来就在邮电部关于发展我国通信卫星的建议信上批示：

将通信卫星制造、协作和使用方针定下来，
后再按计划分工，进行规划，督促进行。

1975 年 2 月 17 日，国家计委、国防科委将 1974 年 9 月 30 日联合起草的《关于发展我国卫星通信问题的报告》正式定稿上报中央。

3 月 31 日，中央同意了这个报告并经毛泽东、周恩来阅示，后定名为"331"工程。

"331"工程共分为五个部分，卫星、运载火箭、发射基地、测控系统、通信系统。当时七机部肩负着卫星及火箭的主体任务。

听说"331"工程被确立并且由一院肩负运载火箭研制的光荣任务时，院里从领导到广大科技人员与工人无不精神振奋、意气风发。

当时院里每个同志都暗暗下定决心，一定要完成这个任务，研制出具有足够运载能力的大型运载火箭，把通信卫星运送到地球转移轨道，使卫星在远离地球 3.58

万公里的赤道上空占有一席之地，为我国的政治、经济和军事服务，为全国人民造福。我们的运载火箭一定要在这个领域里赶上世界先进水平。

1974年9月，国防科委召开了卫星通信工程方案论证会，确定运载火箭以"长征－2"号为基础加常规三级二次启动和氢氧级一次启动两种方案同时并举。

1976年4月，七机部决定，用三级采用氢氧发动机为主要方案的运载火箭发射通信卫星。

1976年8月，国防科委在北京召开"331"工程总体技术协调会议。这次会议明确决定，运载火箭第一、二级用"长征－2"号并稍加修改，第三级动力装置用新研制的两次点火的氢氧发动机。这样可把1300公斤至1500公斤的有效载荷送入地球同步转移轨道。

同年10月，国防科委、七机部在北京召开"331"工程研制任务落实会议，确定了研制进度、生产数量及研制任务的分工。明确运载火箭总体设计由一院负责，一、二级由上海机电二局负责，三级由一院研制。此后，从北京到上海以及全国各地各个系统便拉开了运载火箭研制工作的序幕。

从总体、分系统到单机开始了可行性论证与方案设计等工作。众所周知，三子级氢氧级发动机研制是世界级攻关项目，低温技术虽然在20世纪60年代已建立课题，70年代初做了些试验工作，但距设计需求还相差很远，我国可以说是从零开始，好多应在预研阶段完成的工作都拿到方案阶段来完成。

如在低温条件下材料的机械物理性能数据在我国还是一个空白，液氢是具有"一低四小"、易燃、易爆等特性的燃料，这就给研制工作带来极大的困难。"一低四小"是指沸点低，密度小，表面张力小，导热系数小，黏滞系数小。

对液氧性能我国有比较成熟的使用经验，而对液氢的使用，可以说是一无所知。为了少走弯路，专业人员查阅了大量的国外技术文献，取得了很多的理性知识和大量的数据，但作为设计依据还很不够，特别是金属与非金属材料机械物理特性必须有第一手的测试数据，才能进行结构设计。

冶金部有色冶金研究院伸出支援之手，用自制的土设备，把氦气压缩成液氦，又把液氦温度提高到液氢温度进行试片的拉伸试验，经过紧张艰苦的工作，终于提供了一整套低温数据。

材料及有关数据是箱体及发动机结构设计的关键之一。通过试验及查阅资料，研究人员从感性认识上进一步体会到，铝铜合金及不锈钢金属材料是适应低温液氢温度下较好的材料之一。

材料确定后，接着开始结构设计与试验工作。接踵而来的问题越来越多，困难也越来越大。如氢氧箱及其共底的成型工艺缩比氢箱的破坏载荷试验，共底及整箱在液氮下的合格载荷及破坏载荷试验，液氢下的合格载荷试验，低温的氢氧活门试验，这些工作都是在全国有关科研单位与工厂的大力协同下才完成的。

氢氧发动机的研制更是险情迭起。1981 年，在一次氢氧文氏管氢泵台的调试中，发生了一起严重的爆炸和起火事故。

遥测与控制系统相互干扰，使合练时间又延长了半个月，才落实了五项防干扰措施。经过试验，终于将干扰抑制在允许值以下，而在第一批产品只能采取四种措施。这种干扰在试验室内散装仪器条件下一般不暴露，只有在装箭后才出现，而且在塔架平台合龙后更为严重。

虽然在出厂前已经把认识到的问题都解决了，但是，对三子级在高空失重，真空条件下可能会出现的问题估计不足。

1984 年 1 月 29 日在发射第一颗试验通信卫星时，三子级在 400 公里以上的高空中，第二次点火后推力突然下降，导致卫星未能进入预定轨道。

当时全体人员无不痛心疾首，十年的辛勤劳动就这样结束了吗？不，不能，一定要找出原因，确保第二枚火箭发射取得圆满成功！

第二天，聂荣臻给全体试验队员发来了慰问信，在肯定发射成绩的同时指出：

> 只要大家认真对待，从中分析原因，查明故障，得到经验，我国同步卫星一定会发射成功。

这真是一场及时雨，研制人员听后感受到中央领导的关怀、鼓励和鞭策。想起出发时，邓小平同志曾经说过，"成功了功劳是你们的，失败是我们负责"。大家更自觉地加重了自己的责任感，决心把故障找出来。

当时领导上作出了大胆的决定，在现场分析故障，修改设计。

北京密切配合进行故障模拟、验证设计，组织生产和试车。这是史无前例的决策。这样从 1 月 29 日到 4 月 8 日，整整 70 天，开展了一场紧张的特殊战斗。

当时，院领导沈辛荪在北京负责"长征－3"号火箭技术工作。每次有同志从西昌来到北京，沈辛荪总是把他们从北京机场一接回，就直奔车间、试验室。然后，在火箭研制试验室里，大家画图、生产、试验、改图、再生产、再试验……

一次，为了一个部件，沈辛荪他们竟连续干了三天三夜才最终拿出了合格产品。最后，经过修改的发动机在短短的几天里试了 8 次车，全部成功，这才把零部件送走，同时在现场，对早已运到发射场的第二枚火箭进行改装，北京方面的任务这才算完成了。

任何事物总会有不同意见，尤其是火箭飞行故障。故障发生在天上，沈辛荪他们仅凭少量的遥测信息来分析判断有很大困难，地面试验缺乏高空环境，又增加了验证难度。这 70 天里，沈辛荪他们经常处于种种不同意见的争论之中，即便在北京的任务完成后，还有个别同志坚持认为这次故障原因并没有找到，现在的修改无济于事。

沈辛荪当然理解这些不同意见，但当时已经到了关键时刻，所以他认为绝不能在这个时候再去反映，去干扰领导的决心。另外，他也相信自己的实践和判断，并已经下定决心，如果将来出现问题，自己就承担这个责任。

4月8日发射那天，沈辛荪在国防科工委的指挥所里值班，随着发射时刻的临近，人们的心情越来越紧张。这时，领导一再问沈辛荪："这次能不能成？"

"能。"沈辛荪由于事先有了充足的心理准备，所以回答时很干脆。

果然，这一天，"长征－3"号第二发火箭发射非常成功，将"东方红－2"号试验通信卫星准确地送入了预定的转移轨道。全体试验队员，前后方所有的研制人员无不欢欣鼓舞。几年来的血汗终于铸成了神箭，这是我国在航天领域里带有里程碑性质的一次胜利，同时也震动了全世界。

美国宇航局局长贝格斯写信，祝贺中国成功地发射了地球同步卫星。信中写道：

> 你们完全可以为中国航天计划中的这一重要里程碑感到自豪，为"长征－3"号运载火箭的性能感到自豪，仅有少数几个国家达到了这次发射所显示的技术能力。

中共中央、国务院、中央军委贺电指出：

这是我国航天技术取得的又一重要胜利，标志着我国航天技术有了新的飞跃。

聂荣臻在贺信中说：

这是我国社会主义建设现代化的一个重要成就。标志着我国运载火箭技术与卫星通信技术已经跨入世界先进行列。

"长征-3"号火箭在20世纪80年代实现了三个突破，一是低温三子级的研制成功，特别是氢氧发动机的突破使我国赶上或接近了国际上低温领域的先进水平，为研制大推力氢氧发动机打下了基础。二是通信卫星的发射轨道是地球卫星轨道中最难的一种轨道，它需要大运载火箭，只有三级火箭才能做到。而且入轨精度高，航程远，卫星再经过变轨才能定点，能够完成这样一个复杂的轨道任务又是一个突破。

这次，也是中国航天事业要进军国际市场的时候，它又要为中国航天开辟商业发射卫星的国际市场了。

这将是一次新的突破，一次打破少数西方先进国家在空间领域一统天下的局面，具有重大政治意义的突破。

瑞典公司参观中国火箭

1970 年 4 月，中国使用"长征－1"号运载火箭在酒泉卫星发射中心首次把中国的第一颗人造卫星送入太空。到 1985 年，中国先后研制了长征一、二、三号火箭，称之为"长征"系列火箭。

从 1970 年到 1985 年的 15 年间，我国利用长征系列火箭进行了 17 次发射，其中只有一次失败，发射成功率相当高，尤其是"长征－2"号和"长征－2 丙"号火箭，更是这个家族中的佼佼者。

1985 年 11 月，正在中国访问的瑞典空间公司代表团突然提出要参观中国的"长征"运载火箭。航天工业部外事司的司学武听到这个消息，迅速作出反应，向外事司的领导作了报告。

时任航天工业部外事司领导的邹泽清和于福盛立即作出指示，让司学武认真做好接待方案和安排，并确定了向瑞典人展示中国火箭的实力和可靠性的指导思想。中国火箭技术研究院组织了以何克让副院长为首的会谈接待班子，并作出让瑞典空间公司代表参观 211 厂火箭总装车间的决定。

瑞典空间公司代表团在其副总裁安格斯特朗先生率领下，参观了中国运载火箭总装厂之后，与何克让副院长率领的中方代表团进行了会谈。

　　瑞典空间公司空间预研部主任、代表团成员之一斯万格朗先生，对中国"长征－2"号火箭真是情有独钟。他说，他是一个业余无线电爱好者，在他家的房顶上架起了无线电接收机，从1970年中国发射第一颗人造卫星"东方红－1"号起，他就开始利用自制的无线电接收机接收中国历次发射卫星的无线电信号。

　　斯万格朗还说，中国返回式卫星的发射时间，在轨道运行的时间，什么时间返回，他都能作出准确的判断。他称赞中国的"长征－2"号火箭是世界上最可靠的火箭之一。

　　这就是他之所以选择中国的"长征－2"号火箭发射瑞典邮政卫星的初衷。

　　在会谈中，何克让副院长和一院技术人员介绍了中国"长征"运载火箭的技术状态及发射记录。瑞方介绍了当时计划研制的一颗用于传输电子邮政信号的移动卫星的初步设想的参数。会谈后，双方签订了关于使用中国的"长征－2丙"号火箭发射瑞典邮政卫星的意向书。这是中国运载火箭承揽发射外星的第一份文件。这颗瑞典卫星后来称为"弗利亚"科学卫星，在酒泉卫星发射中心以搭载的方式进入太空。

签订首个卫星发射协议

　　1986 年初，中国的第一个发射服务小组被派往瑞典。这个发射服务小组经当时的航天工业部副部长程连昌批准，由一院副院长何克让任团长。外事司的司学武也是这个中国发射服务第一个开辟市场小组的一员，同时他还在团内担任翻译。

　　出发时，北京已是数九寒冬，飞机抵达瑞典首都斯德哥尔摩上空时，从飞机上俯瞰整个瑞典，一片白雪皑皑，真可谓北国风光。一下飞机，接待中国发射服务小组的就是瑞典空间公司预研部主任斯万格朗先生。斯万格朗是一个训练有素、精明干练的业务领导人，他为中国发射服务小组做了十分周密的安排。

　　中国发射服务小组中的黄作义同志，是中国运载火箭打入国际市场早期创业者之一、总体部高级工程师。当时他提出的利用"长征－2丙"号火箭搭载发射瑞典邮政卫星二次变轨的技术方案，很快就说服了瑞典专家。

　　后来双方经过几轮谈判，中国发射服务小组借鉴阿里安火箭公司的协议，首先抛出关于利用中国的"长征－2丙"号火箭搭载发射瑞典卫星的发射协议草案，真正是"现学现卖"。

　　航天部一院副院长何克让的谈判对手是斯万格朗先

积极准备

生。斯万格朗虽然也对法国阿里安火箭、美国火箭商业谈判了如指掌，但是，由于瑞典人早已认定"长征"火箭的可靠性，中国提出发射的技术方案可行，所以谈判进行得很顺利。

卫星发射协议于1986年1月23日由何克让副院长和瑞典空间公司总裁路贝克代表双方在斯德哥尔摩签字。协议规定中方在收到瑞典空间公司支付给中方运载火箭3万美元订金后生效。

当时，中国驻瑞典大使吴家淦为庆祝中国运载火箭承揽瑞典卫星发射协议签字，在大使馆举行晚宴，招待瑞典空间公司总裁路贝克先生及其他主要官员。瑞典电视台、瑞典国家电台播发了中国运载火箭承揽瑞典邮政卫星协议签字的新闻消息。《人民日报》驻斯德哥尔摩记者当晚向国内也播发了这条新闻。

一石激起千层浪，这一爆炸性的新闻首先在西欧、美国引起了巨大反响。

美国新闻周刊惊呼"中国人真的来了"，西欧各六报纸刊登阿里安公司总裁达莱斯特的评语：

中国火箭要进入世界市场与"阿里安"火箭竞争还有相当一段距离，但"阿里安"火箭与"长征"火箭的竞争开始了。

1986年1月28日，中国第一个发射服务小组携带着刚刚签订的第一个发射服务协议，满怀喜悦的心情，途中顺访欧空局空间技术研究中心和荷兰福克空间公司时，刚进入阿姆斯特丹一个旅馆下榻打开电视，一幕美国"挑战者"号航天飞机在空中爆炸的悲惨情景把大家惊呆了。

第二天，中国发射服务小组到空间技术研究中心和福克公司访问，宇航界人士都为"挑战者"号航天飞机的惨祸而悲伤。

在参观过程中，福克公司一位副总裁以半开玩笑的口吻问中国代表团，听说你们刚刚与瑞典空间公司签订了发射协议，是否有点趁火打劫？何克让副院长说我们都是同行，都为航天史上这一悲惨事件而感到伤心。

但是，这一事件本身，以及随后美国"大力神"火箭、欧空局"阿里安"火箭相继发射失利，一时间，国际商业发射市场造成"真空"。

中国人从来不乘人之危，而是天赐良机，也可谓机不可失，时不我待。

国务院同意发射外星

1986 年 7 月 17 日上午，国务院常务办公会正在召开。参加这次会议的，除了国务院总理、副总理之外，还包括航天部及长城公司的相关领导，这次会议的核心议题是中国航天能不能对外开放。

就此问题，航天部以及长城公司的领导和负责人进行了详细汇报。时任中国第二代 3 颗卫星总设计师的孙家栋与时任国防科工委主任的丁衡高、副主任沈荣骏，以及航天部有关领导，向国务院和中央专委汇报了发射外国卫星工作情况。

与会人员认为，所谓对外开放，就是承揽国际间通信卫星业务的发射，这个市场当时方兴未艾。而对于急需资金的中国航天业而言，"这实际上是一条'自己养活自己'的出路。"时任长城公司副总经理的乌可力说。在此一年前，长城公司参加巴黎航展，因为囊中羞涩，只租了 15 平方米的展台。

中国为外国发射卫星必然会在国际上产生巨大影响，当年"两弹一星"的成功曾在国际上显示了中国科技的实力，为中华民族大添光彩。现在，为外国发射卫星也必将会带动我国相关产业的发展，促进我国高科技的进步。

在充分听取了中国火箭发射外国卫星的汇报以后，国务院领导最后作出指示：

> 原则同意尽快开展这项工作。为外国发射卫星，一是要组织好，二是要注意信誉，要确保卫星发射成功。做好这件事，不仅在经济上可以获益，在政治上也会产生重大影响。

另外，国务院领导还认为，中国火箭发射外国卫星对于团结海外华夏儿女，共同振兴中华是一个大举措。要求国防科工委会同航天工业部制定具体措施，将外星发射的各项工作抓紧抓好。

国务院领导的指示，表明了中国政府对外开放中国的航天业，承揽国际发射业务的决心。

当天晚上，国防科工委主任丁衡高、副主任沈荣骏和航天工业部副部长刘纪原、孙家栋等参加会议的人员立即挑灯夜战，召开紧急会议，研究发射外星的具体实施办法。同时，着手起草向国务院、中央军委呈送的《关于发射外国卫星若干问题请示》的报告。

同年 9 月，国务院、中央军委正式向全国下达了1986 年 88 号文件，将发射外星一事列入国家重点工程。并给予必要的特殊政策，由国防科工委负责组织实施，要求有关部门予以大力支持和积极配合。

因报告起草日期为 1986 年 7 月，中央将发射外星这一工程，命名为"867"工程。

此消息刚一传出，美国使馆科技处、武官处就多次找到航天部外事司进行交涉，提出以核不扩散为由，禁止中国承揽国际间的卫星发射业务。而航天部外事司的领导回复也颇为幽默。他说：

> 美国朋友大可不必紧张，我们不过是出去找几个"零花钱"而已。

正是这些"零花钱"，在那个财政并不宽裕的年代里，极大地支撑了中国运载火箭技术的研发，在以后将近10年的国际发射中，"长征"运载火箭的家族"不断壮大"，并逐步开始了大推力运载火箭的研究和制造，而这一切，无疑都是日后载人航天器发射乃至探月的基础所在。

后来中国卫星设计总师戚发轫说：

> 在那个年代里，中国航天声名鹊起，但现在回过头来看，获得的名声还远远是次要的，因为，商业发射帮我们度过了最困难的时期。

制定中国火箭优胜策略

中国决定航天"对外开放"以后，航天部科研局和保卫部门又一起对中国的航天保密安全问题进行了研究，并初步形成了一个文件，有人称之为"白皮书"。

这个文件规定了哪些可以讲，哪些可以让用户参观。文件批准后，许多事情在航天部内就有章可循了。

1986年10月，中国航天部门又召开了"867"工程会议，把发射服务涉及的航天部外的各有关单位都请来，共同讨论出一套办法，有人称之为"蓝皮书"。这样，部外的渠道也畅通了，从而为打开市场，提高履约能力，赢得用户信任，保证商业发射在各方面的配合下顺利进行奠定了基础。

另外，中国在一开始宣布发射服务进入世界市场时，就明确昭告天下，中国的火箭制造和发射能力有限，除满足中国国内的发射任务外，每年只能提供有限的发射服务。

所以，中国的对外发射服务只是国际商业发射服务市场的一种补充，同时可为卫星用户提供一种新的选择。原航空航天部林宗棠部长后来明确向世界宣布，这是中国对外发射服务的基本政策。

我国初始的推销价格定位也相当成功，每次推销谈到价格，中方都明确表示比目前国际商业发射服务市场价格低15%到20%。当时的航天飞机发射一颗重量约2吨左右的卫星大约5000万美元，"阿里安"火箭4500万美元。我国的价格定位对用户最有吸引力。

同时，我国又推出"长2捆"火箭，使得我们的价格策略有较大的活动空间。这在发射瑞典"弗利亚"卫星、"亚洲1号"通信卫星和"澳星"上得到了充分体现。

这时，一些潜在用户纷纷找上门来洽谈"长征"系列火箭发射业务，一时间，"长征"火箭在市场的推销如鱼得水，相当顺利。

西方世界对中国发射服务所取得的初步成果有点震惊和恐慌，但他们又十分明白，"长征－3"号火箭相当于"阿里安三"火箭，随着卫星的两极化发展，基本上属于快要退出市场的运载工具。

西方感到威胁较大的是"长2捆"火箭，因为它的低轨道运载能力为9吨，同步转移轨道有效载荷运载能力为2.5至3吨。这一类卫星正是西方宇航大公司大力开发中的重型卫星，有着潜在的市场。

召开发射外星工作会议

1986 年 11 月 27 日至 12 月 1 日，国防科工委在北京远望楼宾馆主持召开了第一次外国卫星发射任务工作会议。国家有关部、委、局，有关省、市，解放军有关总部、海军、空军，有关军区共 200 余名代表参加了会议。孙家栋作为航天部的领导参加了会议。

会上，检查了各单位对中央实施外国卫星发射有关精神的执行和落实情况。中国长城工业公司、中国运载火箭技术研究院、中国卫星发射测控系统部、中国西昌卫星发射中心，分别给出了关于发射外国卫星准备工作情况的报告。

通过会议，与会人员提高了认识，统一了思想，明确了任务，为发射外国卫星任务创造了一个良好的开端。

时任国务委员、中央军委副秘书长兼国防部长的张爱萍老将军，莅临会议进行动员。他在会上表示：

> 我国航天技术进入国际市场，发射国外卫星，不仅表明我国在航天事业和科学试验上有了新的成就，而且说明我们整个国家进入一个重要历史转折的新时期，是具有划时代意义的。我们之所以取得成功，不是由于环境造成的，

而主要是由于自己主观努力取得的。如果客观环境好，而缺乏主观努力，好的客观环境也不能充分利用。如果客观条件基本具备，再加上主观努力，可以弥补客观条件的不足，最后完成任务。新中国成立以来，特别是从50年代开始搞航天技术，以后搞原子技术，开始时都是只具备一定的客观条件，最后加上我们的主观努力，这个主观努力不仅仅是航天、核技术和国防工业方面的，而是整个国家的共同努力，所以能不断地取得胜利，即使在最困难的时期，也还是取得了成功。

在讲到协调工作时，张爱萍语重心长地强调：

部门与部门之间要协调好关系，要以做好发射外国卫星这个项目的大局为出发点。大力协同、统一组织领导是我们成功的经验，也是光荣传统。搞这样复杂的技术，牵涉面这样广，没有统一的组织指挥、互相协同和互相服从是不可能的。我曾经引用过刘伯承元帅在红军时期说过的一句话"作战就是纵横交错的组织工作"，那时是小米加步枪，他就强调了你中有我，我中有你，你要同我协同，我要同你协同，有些我要服从你，有些你要服从我，这个服从不是职位上的服从，而是工作上的服从、技术上的服从，这一点我们还必须强调，在认识上还要提高。

讲到这里，张爱萍提高了嗓门对参加会议的人员讲道：

给国外发射卫星，应该把我们成功的经验和光荣传统，在可能的条件下更好地运用和发展。这是我们中国进入国际市场的一次重大的试验，这是我们祖国的荣誉，是我们中华民族的荣誉。

坐在张爱萍对面的孙家栋，看着老将军熟悉的面孔，思绪随着张爱萍抑扬顿挫、铿锵有力的讲话而起伏，一股崇敬之情从内心油然而生。

孙家栋说："在中国航天对外承揽卫星发射服务的紧要关头，他的讲话是对事业的支持，也是对每个人的鼓励、鞭策。"

发射外国卫星遇到了许多以前从未遇到，甚至从来没有想过的问题。别的且不说，单就卫星从美国运达中国，再进入卫星测试厂房，便会出现一系列需要解决的新问题。

外国卫星运入中国属于什么性质？是出口？是入境？

将需要按照什么样的国际条约来对待？外国专用大型运输机按什么方式进入中国？进入中国领空一直到西昌卫星发射中心的机场如何实施管制？在机场降落后如何把庞大的卫星从机舱中卸下来？采用什么样的运输工具把卫星由机场运到卫星测试厂房？卫星在发射场的安全保卫由谁负责？如何保障外国卫星的技术保密措施？

因为是前所未有的事情，何况连同卫星一起来的还有大批成套测试设备、仪器仪表，以及工作、生活必需品。这些物品随同卫星到达中国后应该按什么性质来办理？到时候卫星从西昌进入了太空，这些配套的如何带走？将需要执行何种海关规定？

上述的问题都是保障方面的问题。而技术接口、技术保障，以及生活设施方面，还有更多更多的问题需要落实。对运载火箭来说，涉及与卫星的技术接口，经严格的修改设计后还要对各种匹配参数进行实际试验后加以验证。

然而，在没有获得卫星制造国的许可证前，卫星制造国是不允许双方技术人员坐在一起讨论技术问题的。对地面设备来讲，卫星发射中心的机场要具备起降大型飞机的能力，要具备卫星停放，测试的恒温、恒湿、超洁净度的卫星测试厂房及发射塔架特殊工作区，要向外国卫星提供多种特殊支持设备，与国际接轨，要按商业卫星发射向国际航天保险界购买保险，发射时要进行电视实况转播。

还有，在中国技术人员眼里不算问题的住宿、娱乐，也必须按西方人的星级宾馆标准建设和配备。在西方人眼里，生活设施的满足程度要高于对工作的要求。

然而，每项具体工作都需要逐条逐项加以落实，每个项目都需要动用大笔资金。于是，出现了一对矛盾，设施、设备不具备条件，不要说拿到合同，就连与国外洽谈卫星发射服务的资格都没有。

但是，如果耗用巨资将设施建起来，将设备造出来安装好，谁敢保证一定能将卫星发射任务承揽到手？下这样的决心是要承担很大风险的，这么大的风险如何决策？

孙家栋这时站了出来。

在研究发射外星工作的一次专题会议上，他慷慨激昂地发表见解说：

既然我们的航天能力和发射水平已具备了对外承揽卫星发射服务的能力，既然我国政府已经庄严地向国际社会作了宣布，那我们就应该横下一条心，坚定不移地把我国航天对外开放的步子迈出去！

我们要对自己的能力和水平有信心，我们要敢于承担风险，敢于承担责任，敢于下这个决心。

我们要号召航天领域的各级领导、技术人

员和职工，继承发扬我们当年搞"两弹一星"时的那股子攻克难关的劲头，把各项工作做好。至于说我们投入了大量资金而承揽不到卫星怎么办的问题。我想，只要你的东西比别人的好，你的条件比别人优越，在同等情况下你的价钱又比别人的便宜，应该没有理由出现这个问题。

事在人为，我就不信老外这个邪，这件事情是关系到我们为之奋斗一生的航天事业的又一次新创业和新起点，国家改革开放政策为航天事业创造了这样的机遇，我们就是拼老命也要把这件事做好！

过去几十年来，中国航天内部不仅不是开放，而且是要求严格保密，航天技术在各个环节都有一套严格的保密措施，航天保密管理条文对各类问题的处置都有明文规定。

而现在，发射服务提供方作为卖方，必须要把运载火箭、发射设施的技术指标、试验数据等，作为"商品"全面展示给"用户"。

按照市场经济的法则，买主就是用户，用户就是上帝，这个用户不仅仅是卫星使用者，还包括制造商、经营商、保险商、金融商、法律界。他们都需要作全面、深入的了解，光看卖方提供的资料还不够，还要直接到生产厂、试验室、发射中心、测量控制现场进行实地考察，进行逐类逐项的技术评审。

为了满足外国卫星的技术安全，必须要完成卫星与火箭之间星箭电磁兼容性试验分析、星箭热环境试验分析、星箭载荷耦合振动试验分析、星箭分离时的相对运动分析和飞行轨道分析等五大相容性评审。

这些评审不仅要提供结果数据，而且连同试验过程、试验方法都要解释得一清二楚。按照这样的程序，中国还有什么密可保？

面对这一系列新问题，如何解决？新的规章制度怎样制定？对于各级领导、各层人员来说都是一片空白。

发射服务进入国际市场困难重重，即便是欧美这样的资本主义国家，进入国际发射服务市场也都用了好多年时间，欧洲"阿里亚娜"火箭就用了整整8年的准备时间。

孙家栋心里想，难道我们也要再花上8年时间？机遇不允许这样做！只能在借鉴外国经验教训的基础上，尽快走出具有中国特色的道路！

孙家栋与时任国防科工委副主任的沈荣骏，在研究如何落实发射外星的具体工作时，想法又一次不谋而合。

他们认为，我们发射外星是在做前人从来没有做过的事业，对于这种新的举措肯定会遇到不少困难和阻力，甚至还要承担一定的风险。但既然是我们认准的事业，就要首先树立起信心，要有敢于开拓、敢于创新的精神。只要我们下决心脚踏实地去干，终归能把事情做成。

因为这不仅仅是国防科工委和航天部的事情，也是中华民族的一件大事！困难会有，但肯定也会得到全国人民的支持。这件事情一旦做成，必然会改变中国在世界上的形象，同时也会在历史上留下深远的影响，这是国家的大事，民族的大事，必须要做，一定要做好！

孙家栋作为航天工业主管这项工作的领导，他认为发射外国卫星作为改革开放的产物，要一反常规、大胆创新。

同时，还要解决两个带有基础性的问题，一是要在内部调整好一套适合于国际市场运作的对外开放准则，灵活运用30年来所遵循的军工产品保密规则、制度，制定指导市场的商务方针、政策。

二是要建立一支专业配套、适应国际航天市场的队伍，掌握一系列适应国际商务规范的知识和技能，按照国际惯例，尽力满足发射服务的各项要求。

当时中国火箭进入国际市场的出路只有一条，那就是我们的条件必须优于别人才有竞争力，才有可能被"用户"选中。

孙家栋的大脑总是不停地超前运转，他与他的同事们献计献策，适时制订出适应新形势、新要求的计划和可行方案。两年后，一整套与发射外国卫星相适应的制度建立了起来，火箭的适应性改造业已完成，在发射场新建的卫星厂房醒目矗立，满足国际标准的发射塔架也已改造完毕，与发射外国卫星相适应的技术队伍和管理队伍也建立起来了。

三、 艰难攻关

● 国务院下达批文："作为我国为国外发射的第一颗卫星，若能实现，对我国卫星发射服务打入国际市场有着重要的政治意义和经济效益，因此应给予支持。"

● 国防科工委在报告中再次表示："该星作为我国为外国发射的第一颗卫星，对我国卫星发射服务打入国际市场，有着重要意义……"

● 时任航空航天工业部部长的林宗棠向新闻界发表谈话郑重声明，他说："外国用户的卫星运到中国发射，技术安全是有保证的。"

寻找发射卫星的客户

　　中国宇航部正式成立以后，开始进入国际航天市场寻找客户。当时，中国宇航部从各个可能的、潜在的商业用户中，筛选出了成功的合作伙伴。

　　中国的发射服务能否进入国际商业发射市场，关键是能否敲开美国的商用卫星制造商的大门。航天工业部领导审时度势，立即决定派一商业发射服务小组赴美国各大卫星制造公司考察，对美国商用卫星市场进行一次调研。

　　1986年3月底，航天工业部领导批准了外事司递交的赴美考察报告。发射服务小组由科研生产局副局长乌可力领队，成员有科研生产局总师陈寿椿、一院黄作义、国防科工委作试部陈来兴等。

　　由于这是初创的推销方式，因此这个商业发射服务小组有三个任务：一是脚踏实地去了解情况，对美国工星市场作出普查；二是推销"长征－3"号火箭和抛出中国"长2捆"火箭技术方案；三是条件成熟的，能签订发射协议的就签。

　　小组在美国考察历时三周，考察了包括休斯公司、麦道公司、西联公司、联邦快件公司、RCA公司、福特公司在内的十几家大公司。与西联公司、联邦快件公司

签订了关于发射"西联6号"和联邦快件公司卫星的意向书。总体而言，美国卫星制造商对使用中国的运载火箭表现出极大的兴趣。最积极的是休斯卫星通讯公司，其次是麦道公司。

麦道公司因其"德尔塔"火箭生产线停产，想立即恢复生产并非易事，急欲利用中国的"长征－2"号火箭加上自己生产的卫星上面级承揽卫星发射业务，填补当时国际商业发射服务市场的空白。但美国政府未批准此项计划，后来未能如愿。

市场调查的另一项结果表明，商用通信卫星公司在朝着两个方面发展：一是卫星通信容量日益增加，向重型卫星发展，如休斯公司的 HS－601、RCA－3000；二是向功能单一化、低成本小型卫星发展。

小组中黄作义是技术智囊人物，他提议："既然卫星制造商和用户才是真正决定购买我们火箭的人，为什么我们不直接向他们推销呢？"

于是，中国的发射服务小组开始把在美国的推销活动的目标首选确定为美国休斯卫星公司，首推"长征－3"号火箭。同时，针对休斯公司生产的 HS－376 型卫星，宣传"长征－3"号运载火箭的性能与可靠性，针对休斯卫星公司生产的 HS－601 卫星，抛出"长2捆"火箭。

这么做等于向"客户的客户"做广告。这一招果然奏效，休斯公司的卫星专家对选择"长征－3"号火箭发射 HS－376 类型卫星十分有兴趣，其中卫星专家斯坦豪更是兴趣勃然，对"长征－3"号火箭的任何技术性能和每一次飞行记录都问个水落石出。

中国运载火箭在休斯公司的推销活动很快传到西联公司，西联公司的市场经理从美国的东海岸飞到洛杉矶，急于与中国发射服务小组见面，并提出用"长征－3"号火箭发射该公司的"西联6号"卫星的意向。同时要求我们访问他们在纽约附近的总部。

其后，中国发射服务小组与西联公司在纽约附近的总部签订了关于使用"长征－3"号发射"西联6号"的发射协议。

西联公司由于经营不善，宣布破产。这时特雷卫星公司成立。特雷卫星公司的总裁施瓦兹先生是一位精明善断的商人，他立即接过西联公司的"6号"卫星协议，于 1986 年 6 月，率几名专家来华进行商务谈判。经过一番艰苦的谈判，双方于 1986 年 6 月签订了关于使用"长征－3"号火箭发射"西联6号"的商务合同。

1987 年 2 月，长城公司又与美国泛美公司签订了用"长征－3"号为其发射卫星的合同。在这个过程中，我国与有关公司签订合同后工作进展得比较顺利，已开始了与休斯公司的机械接口的协调工作，逐步地按国际惯例理清商务合同签订后需履行的星箭技术协调程序，包括发射基地的发射服务。

但这些公司后来都因筹款困难，前后终止了合同。

后来相继还有一些国家和地区的卫星公司来华寻求发射卫星。当时"亚洲1号"卫星的发射一直是中国宇航部关注的焦点。

"亚洲1号"卫星是第一颗专为亚洲地区服务的区域性通信卫星,它的覆盖面积可涉及亚洲30多个国家和地区,能为从日本到地中海国家的超过25亿人口提供较为完善和先进的通信服务。

"亚洲1号"卫星80%的用途是电视传播,其他能力可用于公共通讯网和专用通讯网,包括长途电话、图文传真、数据传输等。

"亚洲1号"卫星的前身是美国休斯飞机公司为美国西联通信公司设计制造的"西联6号"地球静止轨道通信卫星。1984年2月,美国"挑战者"号航天飞机携带该卫星和另一颗印度尼西亚"帕拉帕B2"卫星一起进入太空。这两颗卫星在脱离航天飞机后,卫星上的近地点发动机没有按预定计划点火,因而均未能进入预定轨道,卫星发射失败。

所幸的是,位于美国佛罗里达州菲尔莫尔的地面跟踪站监测到并计算出了两颗卫星的具体位置,同时发现了卫星的状况良好。休斯飞机公司和美国宇航局紧急探讨了回收卫星的可行性,双方一致认为回收这两颗卫星是可行的。

承保卫星发射的保险商支付了卫星发射失败的保险费之后,拥有了这两颗卫星的所有权。在核算了相关费用后，保险商也认为回收这两颗卫星在经济上是划算的。于是，保险公司委托休斯飞机公司和美国宇航局共同完成卫星回收任务。

1984年11月8日，另一架名为"发现"号的航天飞机发射进入太空。在11月12日回收了印度尼西亚"帕拉帕B2"卫星之后，航天飞机于11月14日飞行到距离"西联6号"9米的范围，两名太空人步出机舱，前往卫星，并引导航天飞机上的机械手将卫星抓回货舱。

11月16日，"发现"号航天飞机安全返回地面。回收的卫星被运送到休斯公司，由卫星技术专家组作了彻底检查。

1985年4月，专家组向保险商提交了一份关于翻新检修及重新发射的建议书。休斯公司在建议书中认为，这枚卫星性能仍然十分优良，可以胜任原有设计的各项通信服务。接着修整后，"亚洲1号"进入国际航天市场出售，当时有几家公司都有购买"亚洲1号"的意向。

当时为了争得"亚洲1号"卫星的发射，中国与包括香港亚洲卫星公司在内的四五个潜在买主逐一进行了谈判。其中两三个也签署了协议，付了订金，但由于种种原因，未能成功签订发射服务合同。

最终，"西联6号"几经易手，最后为亚洲卫星通信有限公司购买。中国又开始了与香港亚洲卫星公司的谈判。

香港亚洲卫星公司是由英国大东报电局、中国国际信托投资公司、香港和记黄埔公司三家共同投资的，在香港注册的一家卫星公司。它成立于1988年2月，但是筹备却开始于1986年。

1986年底，中信集团董事长荣毅仁委托中国著名焊接专家马纪龙筹建"中信技术开发办公室"。同时，马纪龙被任命为技术开发办公室主任，宣布将中信业务范围增加"技术"一项，成为"生产、技术、金融、贸易、服务"五方面。

技术开发办公室成立不久，驻美办事处丁辰在给公司的工作汇报中，提到美国一家名为特雷的卫星公司要在中国上空发射卫星，要求中信投资。

特雷卫星公司的发起者美籍华人黄翔骏和加拿大人约翰逊，他们注意到中国上空一直还没有地区专用通信卫星，认为这是个大好的商机，并以2000万美元从英国梅特利保险公司购买了1984年定点失败后回收的卫星"西联6号"，将其改名为"亚洲1号"，打算用"长征"火箭发射到中国上空。但是特雷公司资金发生了困难，因此找到中信提出合作注资的要求。

经过认真分析，中信认为，特雷拟用中国火箭在中国发射亚洲地区专用通信卫星的思路非常重要。但是特雷不具备承担如此重要项目的合作条件。所以，中信一方面对这些信息密切跟踪，同时积极寻求其他合作对象与合作模式。

中信技术开发办公室了解到香港英国大东电报局有

进入亚洲卫星市场的意图，马纪龙主任便与大东亚太地区商务发展部总经理英国人考特取得了直接联系。这时大东电报局也看到了"亚星"的重大意义，双方的方针正好不谋而合。

1987年11月24日，英国大东电报局发来一封电传，建议由大东、和记、中信三家组成一个联合体，并对卫星购买、资金估算等方面都提出了相应的建议。

经过详细论证，中信董事长荣毅仁同意此方案。但同时提出了一个原则，三家必须持有相等的股份。大东董事会主席夏普勋爵为此事亲自到北京会见了荣毅仁，当面确认了这一合作。随后，三方在北京签订了合作的原则协议。

这是中信在卫星经营上迈出的虽然很小但却十分重要的第一步。

1988年1月，在中信技术开发办公室的基础上又成立了中信技术公司。

1988年2月24日，中信由技术公司出面，与大东、和记三方在香港签署了共同经营亚洲卫星的协议。这标志着亚洲卫星有限公司正式在香港成立，公司定名为"亚洲卫星有限公司"。公司设在香港，由考特担任第一任总经理。三方各出三位董事组成董事会。

亚洲卫星公司成立后，立即就从保险商手中购买经过重新修整的"西联6号"，并将其重新命名为"亚洲1号"卫星，作为亚洲首枚区域通信卫星。卫星的相关技术参数，也根据覆盖亚洲地区的要求，重新作了调整和更新。

当做完这一切以后，亚洲卫星公司与急于开拓世界航天市场的中国大陆方面进行商谈，表示希望月中国的"长征"火箭进行发射。从此，中国长城公司开始与亚洲卫星公司进行卫星的发射谈判。

中国的发射服务从 1986 年 1 月与瑞典空间公司签订第一份发射协议，到 1987 年的 1 年时间内，共签订了 2 份商业发射服务合同、5 份发射协议，初战告捷。虽说后来成功的很少，但中国的发射服务还是在美国宇航工业界甚至在美国政界引起了很大反响。

中央支持发射"亚洲1号"

处理重大的问题，必须有高层领导支持，同时依靠各级主管官员，事情才有希望。

特别是在20世纪80年代，中国的通信行业还处于国家垄断经营的情况下，事情就更复杂。所以关于"亚洲1号"卫星的发射问题，亚洲卫星公司和中国宇航部必须克服很多困难。

亚洲卫星公司刚刚成立，国家通信主管部门就"亚星"一事告诉国务院："到1992年国内卫星信道资源有富余，我国对这颗卫星无明显需求。"

1988年3月，在国务院电子信息系统推广应用办公室主任李祥林的支持下，中信公司向国务院提交《关于中信公司投资于亚洲地区通信卫星业务的报告》。报告着重强调了中信为解决国家急需，本着改革的精神，进行了卫星通信领域国际合作利用外资的尝试，并将使用中国"长征"火箭等等。

5月7日，国务院下达批文：

> 作为我国为国外发射的第一颗卫星，若能实现，对我国卫星发射服务打入国际市场有着重要的政治意义和经济效益，因此应给予支持。

当时中央许多国家领导人都作了肯定的批示。这次能够取得国家支持，最重要的原因就是解决了中国火箭进入国际航天市场的问题。

1988 年 6 月 17 日，亚洲卫星公司总经理考特和中国长城工业公司副总经理乌可力在北京签署了用中国"长征－3"号火箭发射"亚洲 1 号"的协议。虽然签订了协议，但是卫星轨道、通讯许可方面还是有许多障碍等着双方去克服。

1988 年 12 月 10 日，航空航天工业部，国防科工委向国务院呈文，报告将与亚洲卫星签订发射合同。文中再次表示：

> 该星作为我国为外国发射的第一颗卫星，对我国卫星发射服务打入国际市场，有着重要意义……
>
> 因此建议国务院同意中国长城公司与该公司正式签署这一合同。

在这个文件上，李鹏、宋健、邹家华、姚依林等领导同志都作了同意的批示。这说明"亚星"在推动我国火箭进入国际市场的努力得到了中央领导的肯定。

1989 年 1 月 23 日，经过各方面准备，在人民大会堂举行了隆重的正式协议签字仪式，由中国长城工业公司利用"长征"火箭为亚洲卫星公司发射亚洲卫星。

　　此事引起了国际上的广泛关注，1989 年 3 月 27 日，泛太平洋空间工业国际会议在夏威夷举行，马纪龙也应邀参加了这次会议，并且在这次会议上进行了演讲。通过演讲，他介绍了中信公司是如何以一个非政府机构身份介入空间业务国际合作的，从而让西方国家对中国参与国际航天的情况有所了解。

　　在中国航天人不断的努力下，除了"亚洲 1 号"，中国还陆续签订了另外 5 个卫星发射协议，并在"澳星"投标中也有突出的优势。这让国际同行们特别是美国吃惊不已。

进入国际航天俱乐部

　　1987年8月和1988年8月，长城公司向法国马特拉公司和西德宇航院分别提供了有效载荷的搭载服务。两次搭载为我们积累了涉外商务的初步经验，但这和发射一颗完整的商业卫星还有很大的区别。

　　1988年，长城公司正式向澳大利亚的"澳塞特"卫星投标，"澳塞特"卫星后改名为"澳普图斯"卫星。此举惊动了美国和法国政府。已经垄断了国际卫星发射市场的美国等西方国家当然不愿意看到中国在国际航天市场的进展。

　　深感不安的美国人在一篇题为《让中国发射美国卫星？》的文章中说，允许中国利用受政府补贴的火箭以倾销价格与美国火箭工业抢生意，"将有害于振兴美国太空工业的全部努力"，而且会导致"美国先进的航天技术单向转让给中华人民共和国"。

　　那时的美国政府担心中国通过发射美国卫星，抢占市场份额并得到美国卫星的技术秘密。

　　1988年8月，时任航空航天工业部部长的林宗棠向新闻界发表谈话郑重声明，他说：

外国用户的卫星运到中国发射，技术安全

是有保证的；中国的对外发射服务只是对世界发射服务市场的一种补充，是对用户提供的一种新的选择，决不会构成对西方公司的"威胁"；中国发射服务的价格比较优惠是由综合因素决定的，事实上根本不存在"受政府补贴"和"倾销价格"之说。

当然，要想在国际领域参与竞争，不是声明一下就完事了。按照美国人的说法，因为中国没有参加有关航天活动的国际公约，不是国际航天俱乐部的成员，中国人在这方面无章可循，不受任何约束。面对这种形势，中方认识到必须解决"入场券"资格的问题。

为了使我国的外层空间活动得到国际法律的保护，正式成为国际航天俱乐部的一员，实现我国的国际商业发射，履行我国作为空间国家应尽的义务，我国必须加入三个国际外空条约：《关于外空物体所造成损害之国际责任公约》《关于援救宇航员及送回射入外空的回落物体的协定》《关于登记射入外空物体的公约》。

当时的航天部副部长、人大常委任新民在人大常委会上向常委们解释了这些条约的内容和参加的必要性。这些条约的缔约国兼具同样的义务和权利。人大常委会于1988年11月通过了中国加入三个外空条约的决定，并且授权当时的中国驻联合国大使黄华于同年12月在"国际太空三条约"上签字，完成了加入条约的手续。

加入这些国际条约和公约对中国的航天活动带来的好处，不仅仅是可以参加国际商业发射的竞争，而且在发射国内卫星时，一旦发生意外，也就有了解决问题的法律依据。

过去我国发射火箭，最担心的是万一掉在周边国家，就有"入侵"的嫌疑，引起国际纠纷。开国总理周恩来对这个问题就十分重视，严厉要求航天部门千万不要存侥幸心理。因此，中国航天人总是非常谨慎对待，有时不得不改变弹道。有了这些条约，意外发生时，就可以按照条约的规定相应处理，避免国际纠纷。

在 1988 年 12 月，中国政府正式完成了加入上述三个条约的手续，为中国航天走向国际市场提供了重要保证。

加入"国际太空三条约"，使中国成了国际航天俱乐部的成员，中国的空间活动正式与世界接轨，此举改变了中国航天的国际形象。中国不再是外国人眼中游离于国际规范之外的"非法个体户"了。

争取美国出口许可证

　　美国政府看到"长征"火箭开拓国际市场的势头不可阻挡，以前所设的障碍均被突破，又提出要和中国政府谈判，以美国的出口法律来限制中国。可是中国要发射的是香港公司购买的卫星，与美国有什么关系呢？

　　这主要是因为中国要发射的卫星虽然是香港购买的，但却是美国制造的。像卫星这样的高科技产品出口，美国政府当然会有自己的法律规定了。

　　亚洲卫星公司虽然已经购买了卫星，但不到一切准备工作就绪，它还要一直存放在美国休斯公司。如果还要想在中国用"长征"火箭发射，那就必须得到美国颁发的出口许可证。

　　为了得到美国政府颁发的出口许可证，中美双方进行了多年的艰苦谈判，终于在1988年，里根总统批准了双方签订的协议。

　　1988年9月2日，里根政府首先通过其驻华大使洛德向中国政府提出，中国发射美国制造卫星之前，还需要两国政府签署三个协议。在达成协议之后，美国才能发放卫星出口许可证，允许卫星运到中国发射。

　　1988年9月9日，美国政府正式批准了"西联6号"的出口许可证，不过当时只允许发放8颗卫星的许可证，并且还要分 5 个部分逐步发放。尽管条件苛刻，但卫星在人家手里，我国还是不得不接受。

美国政府还同时提出只有通过了三个协议的签署之后，才能最终完全发放。中国火箭要发射一颗香港公司买的美国卫星，真不是一件容易的事。所以后来，"亚洲1 号"卫星就要发射了，最后一个允许在中国发射的许可证还没有拿到。

美国政府同意中国发射美国卫星后，休斯公司开始派遣工作人员进入中国。当时美国休斯公司派了 12 人来到中国西昌，与中国长城公司开始共同工作。

1988 年 10 月，中国航天部致函美国国会，阐明了中国进入国际商业市场的理由。美国国会讨论后将国会意见提交里根政府。里根在原则上表示同意。但提出中美必须就有关问题进行会谈。

经中国国务院批准后，由中国航空航天工业部、国防科工委和外交部联合组成的中国代表团，由孙家栋副部长任团长，于 1988 年 10 月 18 日至 21 日，在北京钓鱼台国宾馆同美国代表团开始了第一轮会谈。

外交部刘华秋副部长、航空航天部刘纪原副部长和国防科工委副主任沈荣骏等会见了美国代表团。美国代表团团长是美国国务院负责经济商务的助理副国务卿尤金·麦卡里斯特，代表团由美国国务院、商务部、运输部、国防部、安全部和美国宇航局等部门的官员组成。

发射外星，是带有商业性质的国际间技术合作，中国航天人不仅要懂得研制火箭发射卫星，也必须学会与国外商家打交道。为了把中国的火箭推销出去，卫星专家孙家栋又扮演起"生意人"的角色。

三个相关协议是：《关于卫星发射的责任协议备忘录》《关于商业发射的技术安全协议备忘录》《关于商业发射服务国际贸易问题的协议备忘录》。

谈判的关键和焦点集中在卫星发射的价格、配额和技术安全上，谈判进行得相当艰苦，双方就配额、价格问题的争论达到了白热化。

商务协议谈判时，美方提出的初稿中，最让我们接受不了的是开头第一段"为了防止中国火箭扰乱国际市场"这种有强烈刺激性的措辞。

在这次会谈中，中方代表据理力争，最终由孙家栋代表中国与美国签订了关于"卫星技术安全"和"卫星发射责任"两个协议备忘录。

但在这次谈判中，因卫星商业发射服务中若干国际贸易问题最终也未达成一致协议，故两国的谈判桌，又要从北京搬到美国。

身为航天部副部长的孙家栋，作为代表团团长又要再次领命出征。

中美展开卫星发射谈判

1988 年 11 月 24 日，中国谈判代表团前往美国进行第二轮关于卫星商业发射服务问题的会谈。此次出征，事关重大，倘若成功，"亚星"的出境许可证便可随之颁发，如果失败，则一切就此告吹。

此刻，飞机穿破云层，在 1 万米的高空翱翔。眼下就是波涛滚滚的太平洋，但机上所有代表团成员，谁也无心去望它一眼。

坐在机窗前的是代表团团长、航天部副部长孙家栋，他正埋头逐字逐句地反复推敲着由他与沈荣骏一起磋商形成的谈判稿。孙家栋深知，美国代表都是有着多年外交经验的老手，在欧美享有盛名，必须严阵以待。

1988 年 12 月 1 日，在美国首府华盛顿，中美双方的第二轮谈判拉开帷幕。谈判一开始，美方果然主动进攻，气势咄咄逼人。孙家栋毫不示弱，首先从气势上压倒对方，并且据理力争，坚决反驳"中国发射外星扰乱国际商业发射市场"论。

当时的谈判非常艰难，中国方面参加谈判的都是些初出茅庐从未涉足过法律的新手，而要面对的却是美国商业部的众多谈判高手，双方的力量相差悬殊。

甚至在谈判刚开始的时候，美方根本就没把中方当成对手，到后来，美方也逐渐发现中国人并不是好对付的。中国谈判人员虽然没有太多的谈判技艺，但却有顽强的毅力，他们"会打太极拳"，"很有韧性"，讲理，周旋，直到双方达成协议。

谈判是紧张、艰苦和曲折的，有谅解和友好的一面，但也有激烈的争论。白天中方代表团在美国贸易代表处谈判，晚上回到驻美使馆，连夜进行研究。使馆科技处陈保生参赞等同中国航天人一起研究，重大问题请示韩叙大使。谈到发射数量时，双方僵持不下，中国代表团连夜请示国内，根据国内指示的原则，关于发射数量的谈判取得了圆满的结果。

与中方进行政府间协议备忘录谈判的美国商务代表西蒙很坦率地说，有能力发射卫星和有能力进行商业发射是两回事。就像飞机发明后，首先能飞行，其次能作战，但是要发展到向旅客卖票，按照航班提供商业运营服务，这中间的距离还很长。

西蒙的话当时让中方谈判代表很不舒服，觉得被人瞧不起。不过他的话的确击中了一个事实，中国的"长征"火箭发射记录确实太少。当时，中国的"长征"火箭一共进行了 20 次发射，其中"长征－3"号才发射 4 次，还含一次失败记录。在这种情况下，国外同业人士对中国的商业发射能力有各种评论是应该可以理解的。

后来因为圣诞节即将来临，美方代表大多订了 20 日出外旅游度假的机票，无心恋战。孙家栋抓住"老美"

的心理，制定了"拖住不放"的战术。"我们从上午谈到下午，从下午谈到晚上，一直谈到 19 日，终于签署了第二个协议。当时在楼上都能听到美方代表的妻子、孩子等着出发，急不可待的说话声。"

经过半个月的拉锯战，中美双方的谈判基本取得完美结果。到 1988 年 12 月 19 日，中美双方共达成了两项协议。圣诞节过后，中美双方继续进行有关第三个协议的谈判。

最后一项商务协议的谈判继续进行，到 12 月 22 日圣诞节前夕尚未结束，许多美国官员的家属跑到谈判会场外要求散会，让他们回家团聚过节，麦卡里斯特助理国务卿和孙家栋副部长都出来向家属们表示了歉意。

1989 年 1 月，谈判在北京继续，1 月 26 日，中美商务协议最终达成。中国代表团团长孙家栋，终于与美国草签了中美两国政府间的最后一个协议文件《关于商业发射服务的国际贸易问题协议备忘录》。签字仪式在人民大会堂举行。

两天之后，即 1989 年 1 月 28 日，"亚洲 1 号"卫星的发射服务合同也在人民大会堂签字生效，当时还把 1990 年 4 月份定为发射月。

为争取美国政府发放"亚洲 1 号"卫星许可证而进行的有关三个协议的谈判，从此成为孙家栋谈判生涯中的精彩之笔。

在中方与美方进行谈判，争取"亚星"出口许可证的过程中，大东公司在"亚星"的常务董事史劳德也为解决"亚星"的出口许可证做出了极大的努力。

就在与美国"许可证"问题的斗争取得胜利后不久，一个来自国内更大的考验降临到"亚洲1号"卫星头上。

1988年12月21日，三部委联合用红头文件向匡务院呈文。文中说："国内卫星转发器基本够用……没有必要使用'亚洲1号'卫星……国内各部门、单位、地方不要自己与亚洲卫星去联系……"

马纪龙得知此消息，立即向董事长汇报，董事长起草一封以他个人名义写给杨尚昆主席的信。另一封写给李鹏、宋健、邹家华。同时再写一份"关于参与亚洲卫星项目情况的报告"上报国务院。在报告当中提出"有的单位对中信投资'亚星'事业……采取垄断限制态度"。

由于这些信件和报告的及时送呈，再加以坚持改革道路的同志，如宋健、李祥林等人的努力与斡旋，特别是在中央领导同志的支持下，国务院终于没有按照三部委文件的要求让中信"取消在'亚星'上的投资把资金用到我国其他项目上来"。

四、 最后冲刺

● 两个加拿大的质量专家在考察总结中写道："中国火箭生产质量管理在某些方面要高于北美。"

● 休斯公司的专家说："我们对火箭一直很放心，中国的火箭专家造诣很深。"

● 国务院秘书局在文件中写道："亚洲卫星作为我国为国外发射的第一颗卫星，若能实现，对我国卫星发射服务打入国际市场有着重要的政治意义和经济意义。"

攻克星箭技术协调难题

发射合同签订后，中方在商务谈判的基础上，开始了方方面面的工作，其中重中之重是卫星和火箭的技术协调性问题。

由于"亚洲1号"卫星是"长征"火箭第一次发射的美国卫星，双方的技术人员都非常认真和谨慎。卫星和火箭在进入发射场之前没有"见面"的机会，星箭接口完全靠双方的专家按"纸上谈兵"的方式进行作业。

美国休斯公司生产的 HS – 376 通信卫星在当时是性能比较可靠的通信卫星，所以选择中国"长征–3"号作为运载工具，就是看到"长征"系列火箭性能可靠、价格便宜。这正是我国运载火箭在国际市场承揽国外用户的最大优势。

谈判开始时中国就遇到很大的阻力，由于过去产品对外保密，技术协调内容、国际上有哪些惯例等等都是中国航天人所陌生的，所以必须从头学起。同时，这是涉及中美两国的事情，中国航天人必须不卑不亢地平等交流，要达到这些要求，需克服许多难以想象的困难。

如保密问题，这是国家法律有明文规定的，在技术协调中如果每个重要技术问题都要向上级请示，一个报告几个月也批不下来，就会延误时机。

在改革开放的新形势下，领导把保密的界定权交给了总师，这样，中国航天人就可以根据实际情况放开手脚工作了。

事实上按照国际惯例，人家花几亿元人民币购买你的火箭和卫星时，那就要对你的生产实行监督。无论是卫星经营商、制造商、保险公司都聘请了一批懂技术的专家到中国火箭卫星的生产厂、试验中心实地考察，以掌握第一手资料。

如果通过专家考察，证明我们的产品质量控制是有效的，生产的产品是可靠的，讨论后，才允许进一步开展工作，保险公司才进行保险。

在谈判过程中，对于大部分难题双方都是实事求是地想办法解决，但也有少数外国专家曾对中方的设计水平及质量控制表示过怀疑。

甚至在技术协调一开始，有些美国的专家认为中国人在一些关键的技术上没有经验，也许做不好，甚至不会做。其中星箭协调的项目评审需要双方的专家进行严格的分析、计算、核对和批准。

当时评审的内容包括星箭耦合振动分析、轨道分析、热分析、电磁兼容分析、运载能力分析等，技术上要求很严。

但是经过实质性的交手，事实证明，中国专家的技术水平和业务素质都远远超过了对方的估计，当他们了解到我们参加"长征－3"号研制的工程师们大部分都有几个型号的设计经历后，非常佩服。

有两位加拿大的质量专家代加拿大的特雷顾问公司专门到北京、上海进行了考察，他们在考察总结中这样写道：

中国火箭生产质量管理在某些方面要高于北美。

在整个技术谈判过程中，休斯公司的专家对中国的专家是尊重的，双方配合，解决了一些重大难题。为使卫星能够适应中国"长征－3"号火箭，他们更换了远地点发动机；为了适应卫星的技术要求，我国也对火箭进行了五项重大修改设计，其中有：

1. 整流罩加长 200 毫米。

2. 改用了新研制的无污染爆炸螺栓，满足了卫星表面污染不超过每平方米 2 毫克的要求。

3. 提供新设计的过渡锥及分离包带，过渡锥按国际标准接口设计，分离方式采用四个弹簧进行星箭分离，以保证卫星离箭后的速度增量为 0.5 米/秒。

4. 为了满足外星要求，火箭在星箭分离前把卫星起旋 5—7 转/分，选用了两对小固体火箭装在三子级重心处。经过国内星的发射试验，证明方案是成功的，这可以说也是一个创举。

5. 整流罩内增加空调系统，以满足星对箭的温度、湿度与洁净度要求。

为了满足卫星的技术安全，除了以上修改设计外，同时又进行了星箭之间相容性评审，共确定了五大课题：星箭载荷耦合分析和评审；星箭热环境分析的评审；星箭分离相对运转的分析和评审；星箭电磁兼容分析和评审；轨道分析和评审。

以上的五项设计更改和五大评审都要在一年内完成，同时还要形成一个带有法律性的技术接口控制文件，任务相当繁重。

特别是高精度的过渡锥的生产和三次力学环境、章动及分离分析的任务尤为艰巨。

不过在大家的共同努力下，问题都逐个得到了圆满解决。尤其是余梦伦的轨道分析报告和朱礼文的载荷耦合分析报告，与美国专家的分析结果完全吻合，这一点使美国的专家既满意又惊奇。

在最后一次技术协调会上，当中国专家准备走上讲台进行报告时，对方就站起来直接提出："免予讨论，通过评审。"

1989 年 12 月 11 日，在美国洛杉矶，中美进行最后一次技术协调会。

第一天会上，中方提出了商定发射日的问题，美方谈判代表似乎面有难色，避而不谈。这使当时的谈判进入一种僵持状态。

谁知第二天，中方刚到会场，就发现美方人员三三两两兴奋地谈论着，情绪与昨天截然不同。

正猜测发生了什么事时，有人把早已准备好的复印件，送到了多方代表手中。这是当天《洛杉矶时报》刊登的一条消息，标题是"美国放松对中国的制裁"，内容是布什总统将在两周内发放休斯公司制造的卫星在中国发射的许可证。

这一下就使得商定发射日十分顺利了。评审会上，中美双方一致通过了评审项目，参加会议的四个国家的七方代表在接口控制文件上签了字，美国总统在圣诞节前宣布：

同意美国休斯公司的卫星用中国"长征－3"号火箭发射。

在中方离开洛杉矶的前夕，12月21日，休斯公司拿到了许可证。

这是我国在运载火箭领域开辟国际市场取得的第一次胜利。不过技术协调并没有就此完全结束，在卫星与火箭进场后对联合操作及发射程序一直协调到1990年4月5日才签署了"允许发射"的协议。

中国航天战线上的广大科技人员为祖国，为人民争了光，中国科技人员表现出的技术水平为外国专家所叹服。

加拿大的卫星发射主任说：

北京万源公司的工程技术人员是一批杰出的火箭设计专家。

休斯公司的专家说：

我们对火箭一直很放心，中国的火箭专家造诣很深。

积极准备迎接美国卫星

1989 年初，亚洲卫星公司与中国长城工业公司就"'亚洲 1 号'卫星发射服务合同"达成一致。

1989 年 1 月 23 日，中国长城工业总公司与香港亚洲卫星公司，在北京人民大会堂举行了隆重的合同签字仪式。

时任国家副主席的荣毅仁，国防科工委、航空航天工业部等有关部门的领导以及美国休斯卫星公司、香港亚洲卫星公司的老板们出席了签字仪式。

在这次签字仪式上，中国长城工业公司副总经理乌可力代表中方，亚洲卫星公司总裁薛栋代表用户，签署了关于用中国"长征－3"号运载火箭发射亚洲卫星公司委托美国休斯空间公司制造的"亚洲 1 号"卫星的正式合同。

这个胜利来之不易，这中间的艰巨性、复杂性以及酸甜苦辣只有孙家栋心里最清楚。

孙家栋说：

中国提出来要在国际航天市场开展卫星发射服务，当时最大的障碍就是对中国航天事业到底发展到什么水平，人家不了解。但从商业活动角度来讲，他一方面看低你，另一方面他也有所担心，如果你的商业活动能力真的很强的话，他就会担心。

实质来讲就是对中国的火箭能力外国人看不透，他们的思想也是矛盾的。一方面瞧不起你，又一方面还害怕你夺了他们垄断的航天发射服务市场。所以当时中国火箭一进入市场的时候，这两方面问题都遇到过了。

第一份涉外合同，用"长征－3"号火箭发射"亚洲1号"卫星最终签订后，带给中国航天人的既有欣喜也有挑战。美国人研制的卫星虽然性能先进，但也有"先天不足"，卫星在星箭分离后不能自动起旋。

于是，休斯公司对发射"亚洲1号"提出了苛刻的要求，卫星必须在起旋后脱离火箭。在论证会上，一位老专家提出了使火箭整体起旋，带动卫星旋转后再分离的方案，但需要进一步论证卫星的入轨精度。

一阵沉默之后，坐在后排的张庆伟大胆地说了一句："可以用计算机先计算一下。"会议主持者颇感兴趣地问道："你来干行不行?"他干脆地回答："我可以试试。"机会，终于向这个勤奋的年轻人张开了双臂，也一下子让他从预备队到了突击队。

张庆伟1982年毕业于西北工业大学，进航空部六〇三所从事飞机垂直尾翼设计工作并担任工程组组长，3年后重返母校读硕士研究生。1988 年，张庆伟进入航空航天部中国运载火箭技术研究院总体设计部工作，从此与中国航天结缘。

在接到负责"亚洲 1 号"卫星起旋任务后，张庆伟凭借自己在计算机辅助设计方面的过硬功夫，很快推导出了数学公式，编制好程序，并在计算机上建立了仿真模型，完成了星箭起旋方案分析。

然而自傲的美国人从骨子里并不愿意接受这个方案，提出了一个又一个问题来进行刁难，并威胁要取消合同。

面对压力，张庆伟于 1989 年 11 月随中国运载火箭技术研究院代表团来到美国洛杉矶，同休斯公司进行最后的谈判。在谈判桌前，他从容不迫地指出对方在技术问题上的几个错误。

这让美国人面红耳赤，但他们还不愿认输，又抛出几个方案，要求张庆伟计算验证。

埋头在计算机房工作了一天半后，张庆伟带着计算结果重新出现在谈判桌前。

面对中国航天科技工作者的自尊与自信，美国人竖起了大拇指，方案获得通过。

1990 年 2 月 4 日，"长征－3"号火箭在发射"东方红－2甲"号卫星时做了成功的起旋试验。后来，"亚洲1 号"的成功发射，让所有在场的外国人纷纷竖起了大拇指。而为"长征"火箭首次国际商业卫星发射服务的成功做出了开创性工作的张庆伟，也因此从众多的同龄人中脱颖而出，被破格晋升为高级工程师。

为了与国际接轨，满足外国卫星测试的技术要求，西昌卫星发射中心开工兴建了具有国际水平的现代化卫星综合测试厂房。然而，一场突如其来的自然灾害向四川的西昌袭来。

1989 年 9 月 4 日凌晨，一声接一声的炸雷像要把大山劈开似的震耳欲聋，暴雨似天崩般地倾泻下来，洪水如同大江决堤一般挟着房子一样大的巨石和泥沙从山上汹涌而来，多处公路被冲成了大沟，铁路路基被冲毁，数十米长的铁轨像大渡河上的铁索桥似的横跨两端，电力和通信线路多处中断。一场百年不遇的特大泥石流给卫星综合测试厂房工程带来了严重影响。

为了履行发射服务合同，西昌卫星发射中心的官兵"抢险救灾，重整家园"，克服一切困难，为外国卫星发射创造条件。

冲破长征路上的最后阻碍

1989 年 6 月 26 日，"亚星"董事会召开会议。

虽然中信集团董事长王军坚持使用中国"长征"火箭，但大东与和记认为，如果美国制裁不取消，为了保证 1990 年 4 月如期发射亚洲卫星，将不得不转向"阿里亚娜"火箭。如果美国政府至 7 月 13 日仍无肯定答复，"亚星"公司将终止和长城公司的发射合同，转向和"阿里亚娜"谈判。

就在这非常危急的时刻，更令人意想不到的事发生了。7 月 10 日 7 时，薛栋从美国发回一封特急电传，说中国政府某主管部门于 6 月 9 日向主管全世界卫星轨道分配的国际电联和英国政府电信管理部门发电，声称中国对"亚星"无需求，要求把"亚星"覆盖面移到中国境外。这样一来，中国既然不需要"亚星"，为"亚星"争取许可证的工作就变得毫无意义了。

7 月 10 日上午，马纪龙向王军、李同舟等领导写了书面报告。王军当时批示：

立即向国务院汇报，并准备书面报告。

16 时，马纪龙将此事向国务院李祥林主任进行了汇报。李祥林严肃地表示：

> 这已经成为两国政府间的政治斗争，如果
> 我们自己也拒绝亚星在中国发射，就无异于帮
> 助了美国对中国的制裁。这是个严肃的政治
> 问题。

他当时就用电话向宋健作了报告。宋健认为此事非
常重要，必须由国务院出面处理。

7月12日上午9时，中信提交了书面报告，该报告
很短，仅有600字，内容是：

> 中信一直按国务院5月7日批示，在国务
> 院电子办指导下进行工作。在亚洲卫星董事会
> 上，中信一再坚持用中国火箭发射，美国目前
> 正在对中国制裁，阻止中国发射亚星。因此中
> 信建议由国务院出面组织各有关单位共同商讨
> 反制裁对策，共同对外，以挫败美国制裁……

这个报告于7月12日中午由荣毅仁亲自签发后送往
国务院。

7月12日下午，航空航天部林宗棠部长来到中信，
会见了中信董事长荣毅仁。

林宗棠建议荣毅仁董事长以个人名义给美国商务代

表处主任西蒙写信，要求美国政府履行许可证承诺。

7月13日7时52分，驻美大使韩叙向国内发回电报称，据悉中国某部最近给国际电联的电报说"'亚星'将不覆盖中国大陆，如此消息属实，并泄露于报界，目前将严重削弱"亚星"争取许可证的立场。希望中国能办调内部意见，进行协商，互相配合……"这个电报说明事态已扩大到中美外交领域。

13日9时整，在中南海三号会议室召开争取卫星许可证协调会。宽大的会议室坐了好几十位部长、主任、副部长，气氛十分紧张。

经过两个小时的热烈讨论，王书明副秘书长进行了肯定"亚星"的总结。

秘书局于13日会后当天即写出报告，上报给吴学谦、李鹏。

7月15日，国务院秘书局以"特急"行文向各单位发出国务院文件，文件中写道：

……

亚洲卫星作为我国为国外发射的第一颗卫星，若能实现，对我国卫星发射服务打入国际市场有着重要的政治意义和经济意义。应给予支持……形成了以下三条意见：

1. 从国家利益的大局出发，齐心协力，一致对外，抵制美国的制裁措施。

2. 关于亚洲卫星的使用问题，对国内卫星使用上起弥补和后备作用……

3. 与亚洲卫星项目的有关部门要互通情况……

国务院的这份文件，无疑对中国发射"亚洲 1 号"起到了关键的作用。

国内的问题解决了，但美国那方面的问题还没有得到解决。此时，国外的卫星商还乘虚而入，要不惜一切代价，想从中挖走"亚洲 1 号"卫星的发射权。

这时候，西昌卫星发射中心新建的卫星综合测试厂房已基本竣工。发射塔架已按恒温、恒湿、高洁净度的技术要求准备就绪。按"亚洲 1 号"卫星技术要求设计的"长征 -3"号运载火箭已在生产线上日夜加班加点抢进度。

测量控制系统以及通信保障系统紧锣密鼓的适应性改造已经接近尾声，"远望"号远洋航天测量船为远航太平洋实施外星测量控制任务的技术改造和准备工作也已基本完成。

一切工作都在按照统一的计划部署在实现……难道刚拿到手的外国卫星发射合同就这样让它夭折吗？不行！

这时，中方各部门以及中国驻美使馆都就此事与美国政府进行谈判。

经中方各部门和中国驻美使馆的共同努力，还有林宗棠部长和刘纪原副部长也先后会见美国驻华大使和商务官员，促使美国政府于 1989 年 9 月 29 日解除了"亚星"和"澳星"许可证暂停令，恢复了技术协调。

然而，许可证的问题还没有最终解决，争取许可证的使命又落到了孙家栋的肩上，他顶着来自国内外的压力，于 1989 年 12 月再次率团前往美国华盛顿与美国国会议员、科学技术委员会主席罗埃，美国国务卿代理助理瀚金进行专题会谈。为了尽快拿到许可证，中国方面几次与美国进行会谈，要求美方尽快落实许可证发放事宜。

12 月 13 日，孙家栋率团来到了美国。中美之间的会议是在非常平静的状态下进行的。

会议一开始，美国人罗伯特·罗埃便极其坦诚地说：

中国与美国打交道，不能只与行政当局打交道，还要与美国议会打交道。美国人期待着中国采取步骤的信号，这将是极其重要的事情，愈早发生愈好。人民之间误解的消除将有助于政府、议会间了解的增进。

孙家栋对美国人的好意表示感谢。他强调说：

"亚洲 1 号"卫星许可证的发放，牵涉到发射场各项具体准备工作的安排与实施。为了保证明年 4 月能够发射，卫星在 2 月必须运到西昌发射场，现在时间已经十分紧迫了。

会议结束的时候，美国代表罗伯特·罗埃表示，许可证一事一定尽快予以答复。

当美国政府最后议定是否发放许可证时，会议当时出现了两种不同的意见，双方发生激烈的争论，两种意见相持不下。

在这个关键时刻，布什总统端起茶杯，走到窗前，望了望太阳刚刚升起的东方，然后转身像是自言自语地轻轻说了一句：

我不愿得罪十亿中国人！

中国代表团的艰苦谈判终于获得胜利，卫星出境许可证又重新回到中国手中，为开创性的发射计划又一次铺平了道路。

1989 年 12 月 19 日，美国总统布什批准发放运往中国发射的一颗"亚星"和两颗"澳星"的许可证，排除了执行合同的最大障碍，使"亚星"发射合同得以顺利执行。

发射人员进入发射场

1990 年 2 月 5 日，在首都北京，中国的卫星试验发射人员坐上了开往西昌的专列。

在站台上，欢送的人们纷纷说：

这次发射，将为中国火箭走向世界开创历史纪录，责任重大，一定要打成啊！

的确，中国火箭能否撞开世界大门，这是关键一仗，过去所做的一切努力，最终将由这次发射来检验。

在航天部一院一直负责"长征－3"号火箭工作的院党委书记沈辛荪，是这次"亚洲 1 号"卫星发射的试验队队长，此时此刻他感受到了这次任务的分量。

当然，沈辛荪对这次发射也是充满信心的。他长期参加"长征－3"号火箭工作，对中国"长征－3"号运载火箭是相当了解和熟悉的。在以往六次发射中，"长征－3"号表现十分稳定，这已是第七次发射了，以往的成功使中国航天人对这次发射充满期待。

同时，中国的这支发射队伍，也是完全值得信赖的。一次火箭装配时，主持氢泵装配工作的一位中年女师傅，体检时发现患有癌症，但她坚持要装完亲手交付后才肯去治疗，怎么劝说下命令都不管用。当时她就是一句话："否则我心里不踏实。"多么朴实的语言，就这样她一直坚持到产品交付。有这样的队伍，又有谁还能不放心呢？

当然，这次任务对这个队伍来讲有更多的困难，他们中多数人刚参加完 2 月 4 日的第六次发射，两个月的连续工作已很疲劳，还没有得到休整。

本来是考虑休整一下的，只要推迟一下火箭和卫星进场时间就可以办到。但为此征询亚洲卫星公司的意见时，他们加急电告，希望中方绝对不要提出推迟日期的任何建议，否则后果严重。还在后果严重 4 个字下重重地画上几条粗杠。

后来卫星进场后，美国人这才揭开这"后果严重"之谜。原来，布什知道国会复会后又要提出制裁，为避免为难，卫星必须在他结束休假的 2 月 11 日前离开美国，以造成既成事实。

美方人员说，卫星是 2 月 10 日 18 时 30 分离开洛杉矶的，飞机途中在夏威夷加油，于北京时间 12 日 3 时 30 分到达北京。

听完这一段神话似的故事，中国发射队伍里一开始还有点想法的同志，就什么想法也没有了。

为了使大家尽快进入发射前的状态，在发射场举行了一次试验队动员大会。沈辛荪作为大队长进行了讲话，他说：

在今后的 50 天里，在中华民族的历史上，将要出现一个奇迹，这就是一个经济上还相当落后，人均国民收入不到 400 美元，科学技术还不发达的发展中的社会主义国家——中国，将要用自己的高技术，"长征-3"号火箭，把世界上号称最富有、科学技术高度发达的国家——美国的高技术 HS-376 卫星，送入同步转移轨道！

沈辛荪的讲话无疑是具有感染力和号召力的，大家决心为了这个奇迹，不懈努力。

美方运送卫星进入中国

1990 年 2 月 10 日 18 时 30 分，一架波音 747 飞机载着历经周折的"亚洲 1 号"卫星，从洛杉矶起飞。途中在夏威夷加油，于北京时间 12 日 3 时 30 分到达中国北京。

在此之前，美方已收到中方的电报：

西昌条件完全满足，卫星可以起运。

为保证"亚洲 1 号"卫星安全抵达西昌，美国休斯公司特包租了波音 747 飞机。由于波音 747 飞机相当高大，卫星和设备集装箱要从机上卸放到地面时，必须用一种大型升降平台。而当时西昌机场没有这种升降平台。

怎么办？升降平台是美方评审西昌机场时一个首要而又必须具备的条件。没有它，"亚星"就不能起运。

"找，全国找！"沈荣骏敲着红蓝铅笔头，大声说。

后来，涉外运输小组召开紧急会议，果断决策：动用一辆专列，将找到的升降平台特送成都！

升降平台到了成都，如何运到西昌，又是一大难题。由于升降平台超宽超高，从成都到西昌，铁路沿途有 157 个隧洞，长达 130 公里。经过反复计算，火车途经隧洞

083

时，即使将路灯等物全部拆掉，平台照样会遭到刮碰。后几经论证，决定采用汽车运送。最后，总算在交通部运输公司昆明分公司找到一辆日本产的三菱牌大拖车。

1990 年 1 月 27 日，即大年初一 17 时，从北京到西昌，惊动了国内 10 个系统、22 个部门和成百上千人的升降平台，终于比原计划提前一天安全到达西昌。

1990 年 2 月 12 日 12 时 40 分，美国波音 747 专机载着美休斯公司研制的"亚洲 1 号"卫星降落北京，当日飞抵西昌青山机场，把卫星运进西昌卫星发射中心。

在中国发射基地工作人员的协助下，美国人把"亚洲 1 号"卫星平安地搁进了西昌卫星发射中心刚刚为它抢建的卫星厂房。

这时，中方一位工作人员将卫星厂房的钥匙郑重地交到了美方一位安全军官的手上。

从此，厂房的大门便对中方紧紧关闭了。美国政府为了防止卫星技术的泄漏和他人的窃取，特派了经过政府安全规程训练的保安人员，同时还携带有现代电子仪器监视设备，将卫星置于 24 小时的监视控制之中。

美国人住进中国西昌

发射"亚星"，是中国首次开展对外发射服务，一方面缺乏经验，另一方面物质条件也不完全具备，在生活条件、服务设施、服务项目、服务方式等方面不可能完全令美国人满意。美国人提出，希望从西昌到香港能开一趟专机，每周要到香港去度一次周末。中方考虑办不到，没有答应。

美国人吃饱了，休息了，肚子需要消化，精神需要刺激，生命需要色彩，感情需要宣泄。光打打球，跳跳舞，还不过瘾。怎么办？骑车！

美国人提出要骑自行车。出于安全考虑，中方开始没有同意。后来美方说："这儿太闷了，骑车玩玩有什么不好？"

此事提到调度会上，沈荣骏当即说："同意。但考虑到他们的安全，限定在西昌市和发射场附近。"

中西方的通信观念有着相当大的差异。西方人重视通信，把通信视为工作和生活中不可缺少的重要内容。因此美国人又提出要求，在宾馆里拿起电话就能接通美国，一拨号码，就能同老婆孩子聊天。

有人对此感到不好理解，说："美国人毛病还不少，来发射卫星就好好发射卫星呗！还给老婆情人打什么电话。真有事，划拉封信，往邮筒一扔不就得了，还打什么国际长途？"

此事也提到调度会上，沈荣骏说："这件事要抓紧办好。中国人不给老婆打电话无所谓，美国人不行。这是人家的生活观念，我们能办到的，尽量满足他。"

后来经过努力，很快满足了美方的要求，使后来的合作越来越愉快。

发射前，沈荣骏来到西昌基地指挥发射工作。一天，美方努·麦克队长派人来向沈荣骏发出邀请，请沈荣骏一定到厂房去看看美国的"亚洲1号"卫星。

沈荣骏摆摆手说："我不看，双方有协议，我看了你那个玩意儿犯嫌疑呀！"这是第一句。第二句就开始贬他了："那图片是公布了的，我去看不也是那玩意儿，里面的东西我看不着，我看你那玩意儿干啥？"

派来的人一再请求："你还是去看看吧。"旁边在场的人也劝沈荣骏："给他点面子吧！不看也不好，还有个关系的问题。"

沈荣骏说："你要我去看也可以，美国政府的代表一定要在场，要不然，我不去！"对方说："这可以。"

沈荣骏看完"亚洲1号"卫星，很有礼貌地夸奖了一句："你这个卫星做得不错。"

努·麦克听了哈哈大笑。

五、 创造辉煌

● 孙家栋说:"第一颗外国卫星发射上天以后,我们不仅仅发射成功,而且他要求把卫星送到哪个点上,我们就给他送到哪个点上。"

● 有外电评论: "中国这次成功发射的意义,绝不亚于当年的原子弹爆炸!"

● 香港英文《南华早报》预言:"'亚星1号'代表了一个新的突破,它将对亚洲经济、商务,以及社会发展带来重大的、长远的影响。"

发射前的紧张准备

自从美国卫星进入中国发射场地以后，各项准备工作就开始紧张有序地进行开来。这时，新闻媒体突然传来消息，2月22日，为日本发射"超鸟B"通信卫星和BS－2X直播电视卫星的"阿里亚娜4"火箭发射失败。

据报道，这一年是"阿里亚娜"航天公司成立10周年，再过几个星期就要大张旗鼓地庆祝了，这次失败无疑给庆祝蒙上了阴影。难怪法国《世界报》2月24日发表了题为《悲惨的生日》一文，哀叹人们已很难无视中国"长征"火箭的竞争了。

2月28日，美国航天飞机"亚特兰蒂斯号"发射的KH－13侦察卫星在空中爆炸。3月14日，美国"大力神－3"火箭发射"国际通信卫星6"失败。

历史又把我们"长征－3"号火箭的这次发射，推到了一次重大的国际竞赛中。这些消息，就像一副又一副清醒剂，让中国发射人员的工作更加仔细了。

西昌是雷暴区，雨季雷电频繁，经常发生落雷、滚雷和引雷。据说有一年，一个滚雷破窗而入，还死了人。但西昌的雨季又是有规律的，不但历史上有记载，就从几年来的实践看，确实雨季都在每年的4月到9月。

不过从中长期天气预报来看，1990年的雨季提前了，从中国航天发射人员进场一个月的统计来看，也证实了这一点。这一个月里，阴天占了一多半，下雨有 6 次，特别是 2 月 25 日，傍晚不但下起了雨，19 时左右竟然还雷声大作，雷电交加。进入 3 月，还没有见过一个晴天，3 月 7 日 18 时左右，狂风之后又下起了大雨。

对防雷电，中国火箭发射人员是有准备的。还是在研制阶段，火箭研制人员就把防雷电作为专题攻关，做了大量工作。1981 年到 1982 年，火箭研制人员将箭上主要的电子仪器和火工品等，在电力科学院做过高压模拟雷击试验。虽然"长征 – 3"号火箭有防雷电的措施，但为了保险起见，过去历次发射都设法避开雷电天气。

这次是首次对外发射，一定要万无一失，火箭研制人员做了更多的准备。当时还请来了中科院空间中心的同志，他们带来了测霍电设备，既有雷电定位系统，也有电场仪。

在参观这些设备后，火箭研制人员对电场仪表现了更大的兴趣。因为这个仪器大致可以预报而不是事后测定。电场仪可以测得直径 10 公里内云层的电场强度，并且可以 24 小时连续监测。此后，沈辛荪几乎每天都要去离发射场最近的监测点，查看记录并对照直接观察到的天空情况，试图作出对比。

一天，中国科学院的同志兴奋地告诉沈辛荪，他们发现了一点规律。他们说只要 8 时后，记录到的曲线上不断出现大的波形，那么傍晚就有大的放电过程，就会打雷。沈辛荪听了非常高兴，因为这点发现很重要，使他们在加注液氢前做到心中有数。

3月15日火箭转运。7时30分人员就位。这时正下着小雨，尽管对火箭来讲有点小雨并不怕，但由于这次任务的特殊重要性，最后大家一致同意到9时再定。9时整，人齐了，看天上的黑云在减少，雨点也几乎没有了，气象预报是10时到17时阴无雨，大家意见一致，马上转，抢这个窗口。

抓紧工作，到14时15分，火箭一、二、三级已全部吊入塔内，就差最后吊装惯性平台一项了。这时黑云又压了下来，雨还没下。平台吊上去，塔架合拢。将近17时，果真又下起了雨，大家说，气象预报真准，要是发射那天也能如此就好了。

1990年3月底，各项准备工作就绪，火箭已经在塔架旁竖起，"亚洲1号"卫星箭在弦上。

可是，亚洲卫星通信公司的总执行官赛顿，问在西昌执行发射合同的陈寿椿，中国政府同不同意承担卫星发射时可能引起的第三方损害的赔偿责任。

当时的陈寿椿一头雾水，之前根本就没有发射经验，第三方协议是什么。经询问，他了解到，国际上有一项《空间物体造成损害的国际责任公约》，中英两国都是该公约的缔约国。

"责任公约"中规定，发射国要对卫星发射过程中引起的第三方的损害负赔偿责任。发射国是指发射或促使发射外空物体之国家以及从其领土或设施发射空间物体的国家。

亚洲卫星通信公司设在香港，当时香港是英国政府管辖的地区。这样的话，英国也可以被理解成发射国，并有可能因中国发射卫星引起的第三方的损害被追究赔偿责任。

而事实上，英国不可能控制"长征"火箭的发射。因此，英国政府要求中国对这次卫星发射时引起的第三方损害负赔偿责任是合理的。

如果中国政府不承担责任，港英政府虽然不能阻止中国发射卫星，但可以不向亚洲卫星通信公司发营业许可证，这个后果对该公司来说是不能接受的。

眼看距发射时间仅有一周，陈寿椿立刻联系北京，航天部出面办理一份紧急请示，由负责发射的国防科工委会签字，然后报送外交部。

两天后，中国外交部向英国大使馆发了照会，达成协议。

确定"亚星"发射日期

1990 年 4 月 7 日，签订"亚洲 1 号"卫星发射服务合同仅仅 14 个月之后，写着"中国航天"4 个大字的"长征 - 3"号火箭，就准时地竖立在西昌卫星发射中心的发射台上。

这一天，分别从北京和香港出发的两架飞机直飞西昌，来自世界上 17 个国家和地区的 200 多名嘉宾，包括中国各部门的领导和用户代表、保险公司、设备商及媒体代表等都来到了西昌卫星发射中心。其中还包括美国驻华大使李洁明，中信董事长荣毅仁，中国首富李嘉诚等，他们准备共同观摩和见证"亚洲 1 号"卫星发射的伟大历史时刻。

根据气象信息，4 月 7 日并不是一个发射卫星的好日子，可为什么偏偏选在这一天呢？关于具体发射日期决定，这里有一个小插曲。

作为我国承揽的首次国际商业卫星发射，这次任务备受世界瞩目，中国航天部门也十分重视。在确定发射日期的时候，摆在中国航天人面前最大的挑战便是气象问题。因为西昌是全国的强雷暴区之一，气候瞬息万变，难以捉摸。

毕业于北京大学地球物理气象专业的中心气象组组

长吴传竹带领气象系统人员，提前两个月分析历年来场区的气象资料和上千张云图，提出4月5日发射最适宜。

但香港亚洲卫星公司总裁薛栋坚持认为5日是中国的清明节，不吉利。亚洲卫星的香港股东和许多香港知名人士在这天不出门，当天不能乘专机亲临发射场，见证自己的卫星升空。公司总裁有责任坚持发射日定为7号。

但天气预报说4月7日西昌有阵雨，不宜选为发射日。双方为此事反复磋商，陷入僵局，不愉快的气氛骤然升级。

美方人员对中国确定的日期更是不屑一顾，他们听后只是报之一笑，认为当时世界上最先进的技术也只能提前预报半个月的天气，而且准确率只有60%。就此，美方人员和中国西昌卫星发射中心原主任胡世祥赌了一只烤鸭。

后来，中方经过发射场最有经验、最优秀的气象专家对远区、近区和发射场区的气象信息进行了深入的反复分析和研究，又参考了当地老人的经验预测，判断可以在当晚发射时段内择机发射。经过全盘考虑，最终中方同意了对方的要求。

为了避开媒体的渲染，中美双方决定秘密签约。1990年4月4日，在西昌他们下榻的旅馆的房间内，陈寿椿和香港亚洲卫星公司总裁薛栋就地签订了4月7日为发射日期的合同。

创造辉煌

后来的事实很快击碎了"蓝眼睛"的傲慢。4月5日晚，晴空万里，验证了中心预报的"最佳发射时机"的准确性。而美方选定的4月7日却雷声大作，阴雨连绵，迫使火箭推迟起飞。

但既然发射已定在4月7日，发射人员就必须为这一天的发射做出充分的准备，但确定发射窗口时间的问题，却一直还在困扰着中国的发射人员。从4月4日开始，他们就天天开会研究。

4月6日晚上，确认7日19时50分第一个发射窗口发射。为保险，7日中午12时30分再会商一次天气。12时30分，人到得很多，大家关注着会怎么决策。天气预报是18时后云量可减少，中低云、无雷电，20时后会更好，只是下午可能有小阵雨。于是一切照原计划执行。

液氢加注已接近尾声，一切正常，所有发射人员都松了口气。这时沈辛荪跑出洞外准备呼吸一下新鲜空气，可刚出洞口，就见天上黑云密布，已下起了雨。看来预报的小阵雨就要来了，好在这时已加注完毕，塔架正在迅速合拢。

谁知情况突变，山沟里的天气真是捉摸不定，此时竟下起了大雨，15时50分，又打闪又打雷，大家心里七上八下，焦急万分。

这让中国的发射人员都感到迷惑不解。这天沈辛荪最后一次去监测站是13时30分，当时他看过记录曲线，非常平衡，怎么今天规律突然异常了呢？

于是，他就和火箭总师谢光选冒着大雨再次赶到监测站。一进去，就听说原来是电源插头不知什么时候给碰掉了，过去的记录曲线全部作废。

两位专家听了真是哭笑不得，在这种关键时刻，开了这么个"玩笑"。大家心里都实在恼火，但又无可奈何，好在从记录曲线看，已记录到 10 千伏每米的数据了。

雷电整整发作了半个小时，到 16 时 20 分才停，但雨还在下着。天还是那么黑，于是人们议论纷纷：打？还是不打？

沈辛荪又回到监测站，心想就守在这里吧。打还是不打，很大程度上要用记录到的数据说话了。国外是有前车之鉴的。

1987 年 3 月 26 日，美国"宇宙神 – 半人马座"火箭发射海军通信卫星，发射前遇到雷电天气并已测得电场强度大于 4.64 千伏每米。起飞后不到 1 分钟就遭雷击，浪涌电压破坏了制导控制计算机，导致星箭俱毁。

一般说，场强在 1 千伏每米以上，带负电会有雷，带正电则不会有雷，但火箭升空后可能发生引雷，都是应当避免的。最稳妥的办法就是确保场强在 1 千伏每米以下，并且越小越好。

沈辛荪看到曲线一直平稳，数值还在减小，心里逐渐有了底。到了 18 时，气象监测人员说，可确认场强能稳定在 0.2 千伏每米以下，听到这些，沈辛荪才心里踏实地离开了监测站。

顺利发射美国卫星

1990 年 4 月 7 日傍晚，天气不好，大约 17 时左右开始下雨。这时，大凉山峡谷中的发射场内灯火通明，热闹非凡，成千上万的各族群众以及来自 17 个国家和地区的 200 多位嘉宾聚集在这里，争相目睹我国首次承揽的"亚洲 1 号"通信卫星发射升空的壮举。

由于气象原因，当晚的两个发射窗口均未能满足发射条件。这时，吴传竹作出惊人预测，科学判定当晚 21 时前后，发射场上空将出现一块晴空。

20 时 40 分，发射指挥人员准时下达"50 分钟准备"的口令。这时，发射场上空果然开始露出了一个小小的天井，并且还能看到个别的星星，这是天将放晴的迹象。大家悬着的心开始放下来了，个个脸上"阴转晴"。大家还开玩笑说，看来老天爷被感动了，给我们开个口放行了。

21 时多，发射场上空的云层散开了，露出了晴朗的夜空。这已经是第三个发射窗口，也就是最后一个发射窗口了。发射人员立即抓住这个机会，开始进行发射。

指挥大厅里也开始传出倒计时的声音。

21 时 30 分，随着发射指挥员气壮山河般的"点火，起飞"口令，"长征－3"号运载火箭呼啸着拔地而起，直射天空。终于，火箭穿过洞开的窗口飞出了大气层。

神奇的是，火箭刚升空不久，这个不大的窗口很快又被乌云填满。

火箭发射升空后，一、二级火箭先后脱落成功，三级火箭相继两次点火，载着"亚洲1号"卫星在太空飞行。

三级火箭工作16分钟以后，星箭分离，卫星进入近地点距地球200公里、远地点距地球3.6万多公里的大椭圆轨道，从而成功地把我国首次承揽发射的第一颗外国卫星送上太空。从火箭点火起飞到实现星箭分离，用时21分22秒。

这时，指挥调度的喇叭中传来"火箭起旋，星箭分离"的口令，表明1200多公斤的"亚洲1号"通信卫星已经被成功送入距地球3.6897万公里的预定大椭圆地球同步转移轨道。

当指挥大厅传来了入轨的报告后，大厅内雷鸣般的掌声此起彼伏，大家欢欣鼓舞，相互致贺。特别是"亚星"的阵地发射主任及休斯的高级顾问，本来要我方发射后半小时给出入轨数据及起旋的数据，但一时高兴得连数据也不要了，因为他们很快就接到休斯地面站传来的报告，宣布已经跟踪到卫星了。大家全都松了一口气，美国人还为此放了鞭炮。

此时，西昌卫星发射中心的指挥控制大厅接到了邓小平从北京打来的祝贺电话。时任中央领导的江泽民总书记、杨尚昆主席、李鹏总理也来电祝贺。使当时指挥大厅里的热烈气氛达到了最高潮。

这一天，我国的"长征"火箭撞开了世界大门，开始走向世界。

坐在指挥大厅前排的美国休斯空间公司副总裁史蒂夫·多尔曼先生、加拿大太列卫星公司亚洲发射主任阿达先生放下直通美国的电话，激动地与孙家栋紧紧拥抱，亚洲卫星公司行政总裁薛栋先生紧紧握着孙家栋的手，激动地互相祝贺这次合作的成功。

美国休斯公司的副总裁史蒂夫·多尔曼惊呼道：

这就是历史！

发射成功后，中方按照合同条款的规定向美国休斯公司提供了卫星入轨的技术数据。与此同时，中方得到了更让人兴奋的回答，休斯公司的专家说，根据他们在关岛雷达的跟踪结果，这次发射在他们类似的 80 次发射中，入轨精度最高，创了纪录。近地点误差率、远地点误差率、轨道倾角误差率都非常小。

虽然这一纪录不久就被美国的"德尔塔"火箭在发射印尼的"帕拉帕 B2R"卫星时打破，但仍不愧是中国航天技术以优异成绩进入国际市场的第一张答卷。

这次卫星发射，标志着中国运载火箭正式进入国际商业发射服务市场。发射外国卫星的首战告捷，让紧张了好几年的孙家栋终于松了口气。孙家栋说：

　　第一颗外国卫星发射上天以后，我们不仅仅发射成功，而且他要求把卫星送到哪个点上，我们就给他送到哪个点上。国外用户当时就说中国火箭发射卫星的精确度是非常高的，非常佩服。

　　每当谈到中国航天所走过的历程时，孙家栋总是显得有些激动。他说：

　　搞航天绝不是一个人能办成的事情，主要是靠发挥集体智慧，主要是依靠国家从各个方面给予的支持，才能出成果。按照当时国家的整体技术水平和条件，实际上是不具备搞航天的能力的，但老一代革命家确实有气魄，毛泽东、周恩来、聂荣臻……

　　他们就是不一般，硬是创造了那么一种干劲，还就是搞出来了。这给中国人长了志气，这就是真正的"中国特色"。

　　1990年4月7日，从此成为中国人值得自豪的纪念日。经济相对贫困，科技不够发达的中国，在1989年1月28日正式签约后仅仅14个月的时间，就以"长征－

3"号运载火箭，把世界上最富有、科学技术最发达的美国制造的"亚洲1号"卫星准确地送入了预定轨道。

"亚洲1号"卫星发射的成功，震惊了国际航天界，它向世人宣布，中国是继法国、美国之后，第三个步入国际商业发射市场的国家。它的发射成功无疑是中国航天史上的重要事件，也是中国运载火箭走向世界的里程碑。国际航天界从对中国的朦胧概念中，开始认识中国航天技术的现实和应有的地位。

"亚洲1号"发射成功的意义更在于，中国商业卫星发射之路由此开启。20世纪80年代中期，在中国仍相对封闭、落后的情况下，尤其在一直关起门来自己搞研究的航天业，无论从商务上、管理上，还是技术上，都踏出了一条崭新的道路。

在中国发射"亚洲1号"卫星之前，国际上只承认中国有发射卫星的能力，但对中国是否达到发射国际商用卫星的水平一直持观望怀疑的态度。所以"亚洲1号"卫星能否发射成功，从某种意义上来说，决定着中国航天走入世界的命运。

这次发射成功后，有外电评论：

> 中国这次成功发射的意义，绝不亚于当年的原子弹爆炸！

"亚洲1号"以后，"澳星""瑞典星""亚太星"相继发射，从此，再也没有人怀疑中国人进行商业发射的能力了。

"亚洲 1 号"开创了亚洲地区卫星通信广播的新纪元。"亚洲 1 号"卫星是亚洲地区第一颗商用通信卫星，也是中国自行研制和生产的"长征"系列运载火箭首次发射国外制造的商用静止轨道通信卫星。

"亚洲 1 号"卫星对亚洲各国、各地区的广播电视和卫星通信事业的发展起到了极大的推动作用，在亚洲地区卫星通信发展史上具有不可磨灭的历史意义，同时也为中国航天事业的发展作出了巨大贡献。

紧接着，"亚洲二号"准备工作提上日程，亚洲卫星的工作开始全面铺开。

推广"亚洲1号"卫星业务

虽然"亚星"发射成功，但它在国内的应用依然面临巨大阻力，举步艰难。转发器的推广一直受到抵制，即使免费服务，也受到了限制。

1990年6月19日，国务院卫星办李祥林召开了卫星转发器协调会议，与卫星通信有关的十几个单位都出席了会议。李祥林讲述了国内转发器短缺的局面已十分严峻。但事情进展得并不顺利。

早在1989年5月6日，广播电影电视部总工张之俭、卫星办主任李祥林即曾来到中信联系使用"亚星"事宜。中信副总工程师马纪龙于8月6日给亚洲卫星公司发出电传，要求"亚星"给亚运会组委会、CCTV副总工阎宏齐发信，说明"亚星"可以为亚运会向CCTV提供服务。

过后不久，广播电影电视部部长同意使用"亚星"北波束一个转发器，使用时间是9月22日至10月10日。张之俭已授权签约。

亚洲卫星的薛栋于9月21日下午赶到北京，当晚在兆龙饭店安排张之俭、李祥林和薛栋在席间会谈。这次会谈进行得非常顺利。为了不失时机，大家决定打破常规，当晚就在信纸上由双方按照谈妥的条款分别用中英文手写协议。

这样一个有关北京亚运会的国家大事，居然破例没有经过繁文缛节的公文旅行，就在一个晚上在手写文稿上高效率完成了。这个签约标志"亚星"国内应用开始。

亚运会期间，由于"亚星"的服务，CCTV 成功地转播了有关节目。这是"亚星"开始为国内应用服务的一个重要开端。

后来才知道，这个高效率的签约，不经意中绕过了一个险滩。就在签约前两天，即 9 月 19 日，某部向广播电影电视部发出文件并抄报国务院。题目是：

关于你部直接联系使用"亚洲卫星一号"转发器问题的函

文中说：

近日获悉，你部直接与亚洲卫星公司商议，要在亚运会期间利用"亚洲卫星一号"……我们认为你部事先未与我部联系径与亚星公司商谈的做法欠妥……特请你部停止直接对外商谈使用亚星转发器，如确有需求，请与我部联系，由我部统一对外商谈。

可以想象，如果在签约之前大家看到了这个函，整个故事就可能是另外一种写法了。

"亚洲 1 号"卫星的顺利发射，以及中信公司在中国空间和通信领域中大胆改革的尝试迅速引起世界的关注。联合国空间委员会主任阿伯顿博士于 1990 年 12 月 14 日发出公告，内容是邀请中信到纽约联合国总部作题为"卫星通信在亚洲"的演讲，介绍中信投资"亚星"的详细情况。

在经历了这么多磨难之后，中信"亚星"项目终于站稳了脚跟，香港英文《南华早报》预言：

> "亚星 1 号"代表了一个新的突破，它将对亚洲经济、商务，以及社会发展带来重大的、长远的影响。

"亚星"项目同时为中信取得了巨大的经济效益。1988 年亚洲卫星公司组建时，中信注资仅 10 万港币。1996 年 6 月 18 日在香港上市，中信售股回收 9600 万美元。中信当时仍持有的股份市值达 2.5 亿美元。

更重要的是，中信经营"亚星"带头冲破了卫星这一神秘禁地，使我国卫星通信事业走出了封闭殿堂。继亚洲卫星公司成立后不久，其他卫星公司就开始陆续出现，形成了全国卫星通信与应用遍地开花的繁荣景象。

"亚星"项目的成功是中信公司几代人集体不断努力的结果。从荣毅仁老董事长、魏鸣一董事长、王军董事长，还有很多很多留下名字或没有留下名字的人。

2003 年 4 月，"亚洲 1 号"卫星圆满完成历史使命，光荣退役。

六、 再接再厉

● 三人小组对河西人说："为'长2捆'火箭试验飞行研制一个近地点变轨发动机，但这部分没有专门的研制经费，要干只能给150万人民币。"

● "亚星"公司在其主办的《亚星通讯》中说："中国研制的近地点发动机是中国目前制造的最大型的并且是第一个作为商业用途的近地点发动机。"

● EPKM的研制成功并设入商业发射使"长2捆"火箭具备了向国际发射场提供完整配套服务的能力。

快速研制"长2捆"火箭

随着"亚洲1号"卫星的发射成功，我国第一枚大推力捆绑式火箭"长2捆"也进入了研制的最后冲刺阶段。"长2捆"不仅要为不久将要发射的"澳星"服务，还要为几年后的"亚洲二号"卫星上天服务。

"亚洲二号"同"亚洲1号"卫星一样，都来自美国，同属于香港亚洲卫星公司。"亚洲1号"卫星的发射和投入运营，刺激了亚太地区卫星应用的发展，对高品质卫星空间段的需求日趋迫切，为满足市场需求，亚洲卫星公司又购买了"亚洲二号"卫星。

与"亚洲1号"卫星相比，"亚洲二号"卫星采用了三轴稳定的大型卫星平台，它是美国洛克希德·马丁公司制造的MM7000型卫星，共配备了20个36兆赫和4个72兆赫带宽的C波段转发器，以及9个54兆赫带宽的Ku波段转发器。"亚洲二号"卫星在东经100.5度的轨道位置上运行，在轨运行寿命为14.5年。

"亚洲二号"卫星的C波段转发器配备带线性器的55W行波管放大器，覆盖亚洲、东欧、独联体和大洋洲的53个国家和地区。

"亚洲二号"卫星的9个Ku波段转发器配备带线性器的115W行波管放大器，覆盖中国、日本、韩国和朝鲜等国家和地区。"亚洲二号"卫星的 Ku 波段载荷也是该地区第一个针对东亚地区专门设计和赋形的 Ku 波段波束。

发射"澳星"的"长 2 捆"火箭合同要求的研制时间只有 18 个月，卫星大，火箭大，卫星的整流罩是亚洲第一大的，研制的难度和压力可想而知。

作为主要技术人员，张庆伟参加了火箭助推器捆绑分离技术的攻关，负责助推器分离过程分析。在没有翔实的材料、国内没有先例的情况下，他结合现有条件，建立了助推器、芯级火箭分离动力数学模型，并在计算机上进行仿真研究，终于使该技术取得试验一次成功，为 18 个月研制出"长 2 捆"争取到了宝贵的时间。当距合同规定的将"长 2 捆"竖在发射台上的时间仅有一个半月时，卫星整流罩平推分离试验却未获完全成功。大家心急如焚，整流罩能否成功分离成为能否按时发射的最大问题。

同样在紧要关头，张庆伟再次临危受命，和另外两位老同志一起承担了攻克难关的重任。他们夜以继日地苦干，提出了新的方案。对此，张庆伟还建立了相应的数学模型，经计算机仿真验证了方案的可行性。

在不到一个月的时间内，新方案两次试验均获成功。

1990 年 7 月 16 日，中国第一枚大推力捆绑式运载火箭"长 2 捆"首飞成功。这不但创造了 18 个月研制一枚新型火箭的国际航天界的纪录，而且为下一步圆满完成"澳星"的发射和"长征"火箭开拓国际商业发射服务市场作出了重要贡献。

研制中国自己的发动机

1988 年 11 月，中国为美国发射"澳星"的合同在美国西海岸城市洛杉矶签订。

该合同规定，1990 年 6 月 30 日以前，中方必须将火箭竖立在发射塔架上进行一次试验性发射，以证实中国火箭的运载能力能够达到发射的要求。18 个月后，我国新型大推力运载火箭"长征－2"号捆绑火箭的首次飞行试验获得成功。

国人似乎仅仅知道这次试验飞行把一颗巴基斯坦的科学试验卫星送入了预定轨道，而有效载荷部分还装有一个直径为 1.4 米的固体发动机这一事实，却没有多少人了解。那就是后来的 EPKM 的雏形。

还是在"长 2 捆"火箭的研制期间。当时，运载火箭技术研究院院长王永志、"长 2 捆"火箭总设计师王德臣等人有这样一种考虑，目前我国的"长 2 捆"火箭由于尚无国产的火箭上面级配套，因此制约了火箭在国际市场上提供完整配套服务的能力，此番试验何不自己造台上面级试它一回。

1988 年底，冒着凛冽的寒风，中国火箭技术研究院的副主任设计师朱维增受院领导的委派，带领一个三人小组来到河西公司。

河西公司前身是中国航天科工集团第六研究院，又名中国河西化工机械公司，是我国第一个固体火箭发动机研制生产基地。1962 年 7 月，国防部五院在四川泸州建立了我国第一个固体火箭发动机研究所。1964 年 4 月，改称国防部第五研究院四分院。1965 年 1 月，改称第七机械工业部第四研究院。同年北上，搬迁到内蒙古自治区呼和浩特市。

从此，我国第一个固体发动机研制基地在内蒙古自治区首府呼和浩特市市郊诞生了。大青山环抱着那个小地方，创业的历程便始于这一片荒坡野地之中。

对于聚集在此的优秀科技人员来说，条件的艰苦并不可怕，可怕的是拿不出自己的科研成果。正是在这种精神的支撑下，几十年中，从我国 1970 年 4 月发射第一颗人造卫星"东方红－1"号开始，到我国历次返回式卫星的成功回收，河西公司研制的不同型号的固体发动机都在发射中立下了汗马功劳，创造了 100% 成功率的奇迹。

或许是火箭发动机事业过于神秘的缘故，屡建奇功的河西公司，一直在历史的消音器下默默地坚守在沉寂的荒原深处。飞转的时间就这样把封闭在大青山中的河西公司带入到 20 世纪 80 年代。

20 世纪 80 年代后期，河西公司陷入没有新型号牵引，没有预研课题，没有技改资金的窘境。此时，公司党委却自己提出了火箭发动机"全轴摆动喷管"等一系列超前的预研课题。

在这最困难的时候，职工只拿70%的工资，可是这并没有影响他们攀登科技高峰的积极性。他们处处精打细算，需用几百万元资金的试车课题，仅用几十万元就完成。有的项目还获得重大突破，有些技术成果成为国内外首创，荣获国家科技进步奖。

朱维增带领的三人小组向河西人提出一个试探性的话题：为"长2捆"火箭试验飞行研制一个近地点变轨发动机，但这部分没有专门的研制经费，要干只能给150万人民币。

150万元是个什么概念？原来，研制一种新型的固体发动机，除最终交付一台产品外，此前还要有一台发动机用于试验，而150万元，连研制一台发动机的钱都不够！

河西人会怎样对待这个说起来多少有些苛刻的条件呢？虽然河西公司所处的环境相对闭塞，但河西人的观念并不僵化。当时以总经理兼总工程师邵爱民、党委书记李德然为首的河西公司领导班子，透过这苛刻的窗口看到了一个充满希望的市场，而且是国际市场。

于是，他们审时度势，果断决策，发挥自己多年研制固体发动机的优势，全力开发国际发射市场需要的近地点变轨发动机，让河西早日走向世界。

这是一个非常有远见的决策。为了打破欧美对变轨发动机市场的垄断，增强我国在国际发射市场中的竞争力，在没拿到合同的情况下，河西公司冒着风险，开始研制近地点变轨发动机。

朴实的河西人埋头苦干的精神终于赢得了回报。15个月的时间，他们拿出了直径为1.4米的固体发动机。作为"长2捆"火箭试验飞行中的试验品，它与"长2捆"一起经受了1990年7月16日那次严峻考验，如果试飞失败，"澳星"合同即告失效。"长2捆"火箭首飞成功，让河西人看到了光明的前景。

推销国产固体发动机

"长2捆"火箭只能把卫星送到低轨道，而不能把卫星直接送到地球同步转移位置。这样一来，发射服务的市场就受到一定局限。中国航天界的许多知名人士都看到了这个问题的严重性。

1990年7月，中国长城工业总公司驻美国洛杉矶代表处总代表黄作义为"长2捆"火箭试飞之事来到西昌。这位研制"长2捆"火箭的首倡者之一、在中国航天承揽对外发射服务任务中有着特殊贡献的人物，在西昌第一次向当时的航空航天工业部副部长刘纪原提出了研制中国自己的EPKM的建议与设想，得到了刘纪原副部长的肯定与支持。

黄作义很快找到同在西昌参加试飞的老同学、河西公司固体发动机设计所副总设计师王宝山商议此事，王宝山对此表示了极大的兴趣。经向河西公司领导汇报，得到公司领导的全力支持。

决心要把中国的固体发动机推向国际市场的中国长城工业总公司副总裁陈寿椿、"长2捆"火箭总设计师王德臣等人此时也不辞辛苦地往返于北京和呼和浩特之间积极策划，紧张地进行协调和论证工作。

1992年4月，中国长城工业总公司组团赴美，双方就使用"长2捆"火箭及EPKM发射卫星事宜进行会谈。

该公司专门请来休斯公司专家做顾问。河西公司派出了EPKM副总设计师王宝山随团出征。

在这次会谈中，美国专家对中国新生的EPKM进行了第一次技术评审，尽管评审中提出的问题达到近百个，但EPKM终究引起了行家们的重视。

1992年10月，一个让河西人不会忘记的神秘人物，亚洲卫星有限公司卫星运作经理邱雅惠博士出现在河西公司EPKM的研制现场。邱雅惠是位美籍华人，作为"亚星"公司的代表，邱博士此行带有明显的考察性质。

河西人最大限度地向邱博士敞开了自家的大门，以自己雄厚的技术实力、自己的热情与真诚，赢得了邱博士对河西的信任与好感。

时隔不久，中国长城工业总公司与亚洲卫星有限公司在北京签订了用"长2捆"火箭发射"亚洲二号"的合同。同时宣布，"亚星"公司购买一台河西公司生产的EPKM，与"长2捆"火箭配套承担发射"亚洲二号"的任务。自此，EPKM有了用武之地。河西迈出了走向国际市场的第一步。

将卫星送上远地点轨道

合同的签订，着实让封闭已久的河西人兴奋不已，但同时也感到了自己肩上扛着沉甸甸的担子与承担的巨大风险。

这是河西公司第一次与外国公司打交道，一上来面对的就是世界上著名的洛克希德·马丁公司和亚洲卫星有限公司。EPKM 又是第一次用于发射外星，事关发射的成与败。万一因 EPKM 导致发射失败，其后果让人不敢想象。

或许是出于同样的考虑，"亚星"公司称，EPKM 是整个发射项目中最惹人注目的关键。从合同签订之日起，河西公司面临的最实际的问题就是合同上规定的 EPKM 进行 7 次试车能否成功。

EPKM 不同于河西公司以往研制的发动机，除要进行各种例行试验，还要进行动力学、热力学耦合分析及发动机转动惯量、动平衡试验等，这些都是河西人过去很少或未曾做过的。

第一次试车是在合同签订两个月后的 5 月 31 日进行的。"亚星"公司特意派来了邱雅惠博士和国际保险界专家菲力甫·梅先生。中国方面的有关专家也一同聚集在河西。

这是 EPKM 第一次见"公婆"。短短 90 秒钟的试车过程，因为承载了太多的责任与太大的风险，此时便显得格外漫长。好在人们看到的是一次成功的试车。

1993 年 9 月，美国艾科斯达卫星公司紧随"亚星"公司步伐，选择了中国的"长 2 捆"火箭，也选择了中国的 EPKM。用"长 2 捆"火箭为该公司发射美国制造的"艾科斯达 1 号""艾科斯达 2 号"卫星，同时购买两台中国生产的 EPKM 的合同正式签订。EPKM 的试车工作仍在有步骤地加紧进行着。

继第一次试车成功之后，第二次试车也获得了圆满成功。

然而，一帆风顺的事情毕竟只是少数。1994 年 1 月 31 日，冰天雪地的塞外草原迎来了又一批外国客人，他们是"亚星"公司总裁杰克逊、美国艾科斯达卫星公司副总裁斯卡特、美国马丁公司项目经理约翰，以及法国顾问涅日达等等。

又一次试车开始了，发动机在旋转，火焰伴随巨大的响声向外喷射。当发动机工作到 43 秒时，发动机突然出现故障。顿时，大火吞噬了钢结构的旋转试车台，100 毫米厚的推力墙板烧得变了形。

面对熊熊大火，河西人惊呆了。

迅速查找试车失败的原因成了河西人的当务之急。经过分析，他们初步认定是由于发动机头部的一个部件的材料缺陷所致。

半年以后，经过改进的 EPKM 再次被送上旋转试车台。不幸的是，这一次试车仅比上一次多"挺"了几秒钟。发动机旋转至 51 秒时，同样的故障再次出现了。

两次试车失败，震惊的岂止是河西人！国际宇航界、保险界的震惊程度绝不亚于河西人。卫星用户"亚星"公司、艾科斯达卫星公司更是关注至极，心存恐慌。

此时，美国一家生产固体发动机的公司乘虚而入，借机推销自己的产品，想以此取代中国的 EPKM。

河西公司犹如陷进出师未捷身先死的境地。试车失败后的第二天，河西公司党委召开紧急扩大会，部署安排事故分析工作。凭着置之死地而后生的顽强信念，河西公司的工程技术人员夜以继日地分析起故障原因来。

河西公司 EPKM 总设计师邵爱民亲自组织设计人员进行故障分析，采取措施改进方案。为保险起见，技术人员专程赴北京请教专家、翻阅资料。

经过 20 多天的艰苦细致的工作，他们大胆推翻了第一次试车失败的分析结论，也否定了某外国专家提出的发动机头部密封失败的推断，大胆确定了是由于旋转试车时固体发动机头部烧蚀严重而造成穿火的原因。

1994 年 10 月，又一次旋转试车的前一个晚上，EP-KM 副总设计师王宝山接到了一个从香港打来的长途电话。电话中的一句话令王宝山至今难以忘怀："此次试车，不成功便成仁。"

那话音在王宝山的耳畔回响了好一阵子。电话是

"亚星"公司代表邱雉惠打来的。已经有了两次试车失败的记录，再次试车非同一般。正如中国常说的一句老话，"事不过三"，它将决定"长2捆"火箭及EPKM承接对外发射服务的命运。

对于用户来说，此时只能作出"不成功便成仁"的选择，而对于河西公司来说，EPKM像是公司的半个饭碗，一旦再次试车失败，人们刚刚看到的希望又将破灭。

10月30日下午，不同寻常的EPKM试车吸引着河西公司几千名职工、家属走出家门。在离旋转试车台不远的马路边、草坡上，到处可见河西人的身影。电视屏幕观察大厅，此时也座无虚席。人们对此次试车给予空前的关注。

17时10分，一声惊天动地的巨响冲破了寂静的旷野，旋转的发动机射出的火花翻腾狂舞。43秒通过了，51秒通过了，90秒也通过了，试车获得圆满成功！

在以后的多次旋转试车中，EPKM再没有了失败的记载。中外专家们看到了河西公司在试车前提供的预示理论曲线与试车后的实际曲线惊人的吻合。

"亚星"公司聘请的一位专爱挑毛病的顾问这时也不得不承认，河西公司的旋转试车试验问题，看来是彻底解决了。

EPKM的信誉度获得了空前提高。"亚星"公司在其主办的《亚星通讯》上这样介绍EPKM说：

中国研制的近地点发动机是中国目前制造的最大型的并且是第一个作为商业用途的近地点发动机。EPKM是专为中国"长征-2"号捆绑式火箭而设计的，在性能效益上与其他同类发动机比占有一定优势。

河西公司终于一扫笼罩在自己头上的阴云，迎来了阳光灿烂的日子。EPKM的研制成功并投入商业发射，使"长2捆"火箭具备了向国际发射市场提供完整配套服务的能力。

1995年11月28日晚，在峰峦起伏的西昌卫星发射中心，"长2捆"火箭以雷霆万钧之势直冲云天，把美国制造的"亚洲二号"卫星稳稳地送入预定的近地轨道。

火箭起飞114分钟后，卫星控制的EPKM点火，把卫星送上远地点为3.6万公里的地球同步转移轨道。

当EPKM按时点火的喜讯传来时，河西人喜悦的心情难以言表。无论是在西昌发射场的试验队员，还是远在呼市的公司职工，欢庆胜利的鞭炮在两地同时响起。他们应当为胜利欢呼，他们应当为自己欢呼。

本书主要参考资料

《飞向太空港》李鸣生著 福建人民出版社

《"亚洲一号"发射曾比原定时间晚两天》褚朝新编 《新京报》

《长征三号火箭撞开世界大门》沈辛荪著 中国航天出版社

《中国国际商业发射服务创业初期》司学武编 中国航天出版社

《长征三号的研制与外星发射》范世合编 中国航天出版社

《把西昌发射出去》何万敏编 凉山日报社

《西昌39载磨砺成就"东方休斯敦"》李丛娇编 谭丽琳编 《海南周刊》

《中国航天国际合作的成功发展》王秀亭 罗格 何少青编 中国航天出版社

《中国探月工程总设计师孙家栋传奇：奔月》王建蒙著 当代中国出版社

《记载人航天工程副总指挥张庆伟：永远都是新起点》张春雷编 中国航天出版社